L'ACCUSATION

www.editions-jclattes.fr

Aïcha Béchir

L'ACCUSATION

LA GRENADE
JC Lattès

Conception graphique de La Grenade : Sarah Kahn
Couverture : Jean-Philippe Gras

ISBN : 978-2-7096-7208-5

Première édition août 2023

À ma famille,
et aux Français de papiers.

« Pour retrouver ce que j'avais perdu, il me fallait revenir à l'instant des origines. Je n'en ai découvert aucun de précis, mais plutôt une série, un véritable historique d'origines multiples, et c'est ce que j'ai écrit ici en m'efforçant de me réapproprier la vie. »

Philip Roth, *Les Faits*

Depuis l'Accusation, elle faisait toujours le même rêve, menottée et reconduite à la frontière.

IL FAUT BIEN CHOISIR SON CAMP

L'Accusation

D'habitude, la secrétaire la tutoie. Aujourd'hui, elle est distante et prend des airs de tragédienne. Elle lève les yeux au ciel et lui balance : « Patientez ici, M. de Chastelain arrive. » Jamais Inès n'était venue seule dans le bureau du proviseur, mais toujours accompagnée d'une horde d'enseignants, mobilisés comme un seul homme. Elle attend. Quelque chose se prépare. Cette fois, ça ressemble à une catastrophe.

Comme tous les jours, Inès a pris le RER D. Il traverse l'Essonne et la Seine-Saint-Denis. Le temps d'un long trajet, on vit au rythme des arrêts maladie, des cartes d'invalidité, du marché de Grigny, du ramadan, des rendez-vous urgents, des rendez-vous manqués, des appels à la prière, des appels de maman, des discussions de commères, des révisions studieuses de gamines qui rêvent de rendre fière yema[1], des horaires de boulot, de la sécu, des discussions

1. La grand-mère en dialecte maghrébin.

impudiques, des rendez-vous chez le psy, des starfoullah[1], des regards mal placés, des corps immobiles, des corps lourds, des nuits courtes, des après-midi trop longs, des crues de la Seine. De la vie qui menace constamment de s'écrouler. Des femmes et des hommes qui résistent. Des rires d'enfants. On y mange trop gras, trop sucré, toutes les heures, on marche lentement, on y traîne la misère avec ses pieds. Inès se faufile parmi ces éléphants, cette foule de corps déprimés. Le RER D est tellement en retard, tellement lent, tellement imprévisible. Quand il est à l'heure, la voix de la SNCF semble elle-même ne pas y croire.

Inès craint ce rendez-vous comme les bureaux froids dans lesquels ils ont lieu. Elle l'a déjà repoussé trois fois, mais la convocation est revenue dans son casier, toujours plus pressante. Écrite en noir, en gras, puis en rouge. Et finalement le proviseur n'a pas attendu sa réponse, un surveillant est venu la chercher en cours, directement devant sa classe de STMG.

Devant la secrétaire, Inès feint malgré tout le détachement, elle a l'habitude. Dans une autre vie, son N+1 l'avait convoquée pour lui annoncer la fin de leur « collaboration ». Inès s'en foutait, après tout ce travail elle n'en voulait plus, elle n'y croyait plus, elle ne mettait

1. Que Dieu nous pardonne.

même plus son réveil pour arriver à l'heure. Un retard de trop, une campagne de pub pour Dubaï qui n'avait pas marché et c'était la porte. Après ça, un burn-out, deux ans à préparer l'agrégation, Inès s'était reconvertie en professeure de philosophie. Elle a tout de suite été mutée en banlieue parisienne. Adolescente, elle avait fantasmé sur *Le Cercle des poètes disparus.* Elle s'imaginait déclamer son cours à un parterre d'élèves illuminés par son savoir. Ça avait duré une heure : le temps d'une classe de trente-cinq gamins qui te poussent dans le couloir et te balancent ce qu'ils ne diraient jamais à leur mère. Et puis elle s'est habituée aux gamins, à maintenir leurs attentions, aux petites victoires remportées sur l'indifférence. Elle aime qu'on l'écoute : faire de son cours un spectacle. La philosophie déclenche parfois, dans les corps mous d'adolescents, une étincelle de pensée.

Elle l'a compris plus tard, l'enseignement est une vocation. Les classes techniques sont les plus difficiles, les plus chahuteuses, trop d'élèves en difficulté, des élèves qui parlent « cash ». Ce sont les classes qu'elle préfère. Alors, elle s'agite dans tous les sens, elle revit. Leurs progrès sont très minces, imperceptibles, pourtant ça vaut la peine. Elle n'excuse pas la lenteur, l'impertinence et la grossièreté des élèves mais elle comprend leurs raisons. Certains viennent de Grigny, là où deux frères ont été tués à la fin d'une partie de poker pour trente euros, peut-être vingt, on ne sait plus. C'est la cité d'Amedy Coulibaly, de la misère froide, de la violence gratuite.

La secrétaire se lève et l'invite à entrer dans le bureau du proviseur. Inès repense à la terminale STMG 3. Les élèves se sont plaints de ses mots blessants sur les copies : « C'est décevant », « Vous n'avez rien compris », « Vous n'êtes pas dans la course ». Elle est peut-être allée trop loin, une fois de plus. Elle devra l'expliquer aux parents. Si les gamins ne bossent pas, il n'y a pas d'excuse. Qu'on ne lui fasse pas croire à elle, fille d'ouvrier immigré, que la classe sociale est une excuse. Une fois, elle a lancé à un élève : « Tu es noir, pauvre et banlieusard, tu dois travailler plus que les autres. » L'élève n'a pas bronché et il s'est calmé. Les collègues, eux, ont râlé.

Inès reprend son souffle, elle affiche une mine faussement accablée en entrant dans le bureau. Elle va brandir son passeport méritocratique, elle passera pour la prof à l'ancienne, chiante, pas tolérante. Et ça ira, une fois de plus.

— Madame El Amrani, je suis désolé de vous convoquer, je n'ai pas le choix.

Le proviseur ment, il n'est pas désolé. Il aime bien faire le petit chef avec les profs. Une fois assis, il prend son air grave, il adore ça, jouer au mec important. Il se venge de tous les moments où les soixante profs du lycée ont débarqué dans son bureau, comme la semaine dernière, pour demander une augmentation de la dotation horaire. Mais là, le proviseur Chastelain est en position de force. Inès a fait quelque chose de grave, de très grave, cela s'entend à l'intonation sèche de ses phrases ponctuées de silences solennels.

Inès repense à Mounia, une élève de STMG. Elle se souvient du chahut et des élèves du premier rang qui la prenaient en pitié parce qu'elle avait perdu son sang-froid. Le cours du vendredi soir, les élèves sont agités et détestent tous Inès. Elle est hautaine, méprisante. « Elle nous fait chier », c'est écrit noir sur blanc sur le mur Insta de Mounia. Le tee-shirt de Mounia, « Live in truth », Mounia qui prévient la classe sur Snap qu'elle va régler ses comptes avec Inès. La gamine est venue la voir au début du cours, a bombé sa poitrine et a levé la tête en signe de victoire. Elle exige un rendez-vous : « Je veux vous voir à la fin de l'heure », elle réclame des explications. Mounia a l'habitude de rager, de se battre, de réclamer son droit. Elle le fait depuis qu'elle est petite, elle a vu sa mère râler plusieurs fois à la CAF, à Pôle emploi, à l'école, pour obtenir des indemnités, des attestations, de la reconnaissance, de l'honneur. La classe est soumise à sa violence, à sa rage, elle n'entend plus rien : elle veut qu'on l'écoute. Les élèves lèvent la tête, ils espèrent filmer un drame pour faire des milliers de vues, un beau score pour transformer Mounia la victime en vedette.

Le cours est fini. Mounia balance son mal-être à Inès comme on jette une ordure à la poubelle. Mounia, c'est un « cas social » comme disent les mômes. Elle n'a pas beaucoup de vêtements, elle utilise l'argent de la cantine pour s'acheter du rouge à lèvres, des fausses nattes, des jeans dans les magasins indiens d'Évry. Elle vit chez son grand-père en attendant que sa mère sorte de l'hôpital psychiatrique. Elle espère que sa mère va mourir là-bas, elle y pense parfois, le soir, et ça l'aide à dormir. Elle ne veut plus être la fille d'une folle. Elle ne sait pas d'où elle vient, qui elle est, elle voit juste qu'elle est pauvre.

Inès reconnaît qu'elle a eu tort, on ne crie pas sur une ado et encore moins sur Mounia. Maintenant la jeune femme est là, devant elle, elle veut régler ses comptes avec l'école, avec l'institution, avec la CAF, Pôle emploi, la juge pour enfants et sa prof : cette idiote condescendante qui lui rappelle qu'elle n'a pas de mère. « Je suis pas un cas social, madame, alors respectez-moi. » Mounia a peur de finir sur le trottoir comme d'autres gamines perdues. Même si elle comprend qu'elle va morfler. C'est Inès qui lui a dit ça dans un cours sur le déterminisme : « Les femmes qui ont été battues ont plus de chances d'être avec des hommes qui les battront, les filles abusées ont plus de chances de finir sur le trottoir. » Il suffit d'un rien, d'une banale rumeur pour que tout le monde croie qu'Inès a traité une élève de prostituée.

Le proviseur s'interrompt pour répondre au téléphone. Inès ne sait plus quoi faire de ses mains. Elle cogite, elle essaye de penser à autre chose. La porte est ouverte, elle sourit à la secrétaire qui esquive son regard en mimant la concentration sur un dossier urgent.

Et puis il y a eu cette fois où Inès a joué les révolutionnaires pédagogues. Elle a mélangé deux classes, une classe technique avec une classe scientifique. La terminale S de Théophile, Adam et Lola et celle des STMG 3, de Mounia, Semballa et Sarah, les enfants des quartiers à côté des fils de profs et de CSP+. Le proviseur avait refusé mais Inès avait insisté. Il avait fini par céder en répétant : « C'est exceptionnel. » La veille du fameux cours, tout se passait bien. Mounia avait pris la parole : « Ma mère, elle est schizophrène, madame, un jour elle a essayé de me tuer. » Mounia exposait son cas sans pudeur, sans craindre les ricanements. Le cours portait sur l'inconscient, sur la folie, ça tombait bien.

Le lendemain, Mounia est à côté d'élèves qui ne lui ressemblent pas, alors elle garde le silence, au fond de la classe. Elle entend des mots bizarres comme « existentialisme ». C'est Adam qui prend la parole, le fils de prof. Une tête à claques, il paraît qu'il est algérien, mais il s'exprime comme un Babtou[1]. Quand Adam commence à lire Sartre, on dirait qu'il l'a déjà lu mille fois. Mounia ne comprend rien. Mounia a besoin de silence pour se concentrer sinon elle s'énerve. Inès ne s'occupe pas d'elle, elle s'occupe des autres, de personne en fin de compte. Les élèves se sont mélangés avant de s'affronter, face à face, chacun retrouvant sa classe d'origine. On ne peut pas tout additionner. Mounia a insulté Adam Sfaoui en le traitant de vendu, de sale traître. Pour elle, un Arabe qui parle bien c'est un Blanc, il ne ressemble pas à ses frères du quartier. À la cantine, un truc de dingue, elle l'a même vu manger du porc. « Putain, il mange du halouf[2]. » C'est trop horrible de voir un Arabe faire ça, c'est le monde qui part en vrille. Sa daronne aussi a l'air chelou, son fils mange du porc, tout ce qu'il veut, il ne fait pas le ramadan, elle s'en fout. C'est carrément n'importe quoi. Bouffer du porc c'est pire que coucher avec sa propre mère.

Inès est seule dans le bureau du proviseur. Chastelain est encore au téléphone dans la pièce à côté. Elle repense à toutes les fois où elle est allée trop loin, aux propos déformés par les élèves et rapportés aux collègues malintentionnés. Elle pense à Fanny, une collègue qui

1. Toubab en verlan, qui signifie blanc en Afrique.
2. Porc, en arabe.

se mêle de tout, qui râle tout le temps, la voix tremblante et les larmes aux yeux pour rien, tellement typique des gamines pourries gâtées. Une petite bourge qui ne connaît pas le dévouement. « Tu devrais faire une thérapie, et laisser les élèves tranquilles » : elle lui avait balancé ça dans la salle des profs, devant tout le monde. Inès était verte, humiliée face à Mathieu, Élise et Sophie, les commères du lycée qui savouraient chaque mot, la bouche ouverte, ils attendaient que ça explose, qu'elles en viennent aux mains. Tellement drôle de voir ces deux harpies s'insulter. Fanny était à deux doigts de craquer, les nerfs à vif. Elle avait déjà pété un câble pour une remarque sur sa coiffure ratée. La coiffeuse l'avait convaincue : « Ça change », comme si ça signifiait « Tu es devenue trop belle », « Tu n'auras pas la même vie qu'avant ». Et Fanny l'avait crue. Elle venait de divorcer, elle espérait devenir quelqu'un d'autre, pas nécessairement meilleure, juste quelqu'un d'autre. En arrivant au lycée, elle s'était rendu compte du désastre, elle avait plaqué ses cheveux avec du gel mais c'était encore pire. Elle ressemblait à un punk-caniche, ses cheveux repiquaient, un côté plus court que l'autre, des reflets orange sur ces cheveux qu'elle avait rêvés blonds. Elle ne pouvait pas se cacher dans les toilettes et repartir discrètement vers sa voiture pour échapper au désastre. C'était le jour du conseil de classe. Mathieu l'a croisée et lui a dit : « Tu es horrible », elle lui a répondu : « Je t'emmerde. » Elle était prête à frapper ce petit con jusqu'à le défigurer. De la haine pure. Mathieu l'a répété à Brigitte qui l'a répété à Sophie. Tout le monde a exagéré. Depuis, on a peur d'elle.

En sortant du bureau du proviseur, Inès retient ses larmes. Ce n'étaient pas les élèves, ce n'étaient pas les collègues, c'était pire, et maintenant c'était là : « Apologie du terrorisme. » Elle n'avait pas voulu y croire. Elle avait d'abord plissé les yeux et demandé des explications : « Apologie du terrorisme », avait répété Chastelain. « Pardon ? Apologie de quoi ? » avait répondu Inès, prête à bondir. « Apologie du terrorisme », avait conclu le proviseur en lui lançant l'Accusation au visage : « Vous êtes accusée d'avoir justifié les attentats de *Charlie Hebdo* en expliquant aux élèves que les journalistes méritaient la mort comme tous ceux qui ont été tués le 13 novembre. »

Insomnies

Les volets d'en face ne sont pas levés. Inès a ouvert la fenêtre pour fumer une cigarette. Ce matin, elle devrait être au lycée mais son emploi du temps a été effacé pour « convenance personnelle », deux mots qui signifient, au choix, que la personne est malade, qu'elle n'a plus envie de venir, qu'elle a perdu un proche, qu'elle est morte. Aujourd'hui, ça signifie qu'Inès est accusée d'apologie du terrorisme, ce qui justifie au moins quelques jours d'absence.

Ici, ce n'est pas son appartement, c'est son refuge, sa cabane. Trente-deux mètres carrés : une vraie pièce à vivre avec la mezzanine qui surplombe l'entrée. C'est devenu une planque pour terroriste en cavale. En rentrant chez elle, Inès a imaginé les meilleures manières d'annoncer à ses proches l'Accusation. Il n'y en avait que des mauvaises. Toutes honteuses. Toutes plus suspectes les unes que les autres. En plaisanter : elle serait trop légère voire complice. En faire un drame : elle semblerait coupable (une Arabe qui tire la gueule ce n'est jamais bon signe, c'est alarmant).

Faire l'apologie du terrorisme, c'est être terroriste. Ne pas être Charlie, c'est être du côté des tueurs. Affirmer qu'il y a d'autres guerres plus meurtrières partout dans le monde, c'est justifier le djihad. Après les attentats, la nuance avait disparu. Il y avait ceux qui étaient Charlie, qui avaient peur, et les autres, des gamins à peine pubères qui en avaient marre d'être stigmatisés pour leur religion et qui, sans cautionner les meurtres, expliquaient que les journalistes avaient provoqué l'attentat. Inès n'était ni l'un ni l'autre. Pourquoi fallait-il être Charlie pour avoir droit à la parole ? Elle trouvait immondes l'attaque et l'assassinat des journalistes et pourtant elle ne se sentait pas Charlie, elle ne voulait pas faire comme tout le monde. Elle se méfiait des élans d'émotion unanimes qui deviennent des mises au pas. Cette nuance, elle l'avait exigée des élèves, ceux qui étaient Charlie et ceux qui ne l'étaient pas. Le droit à la nuance, elle l'avait défendu en cours comme le seul moyen de faire place à la parole de l'autre, de conjurer la guerre au cœur de la cité. Elle n'avait pas pris parti, elle s'en était tenue à son rôle de professeure de philosophie. Pour avoir exigé la nuance, elle était devenue complice.

C'était peut-être son nom, El Amrani, qui avait suffi à éveiller des soupçons chez ceux qui avaient entendu, répété et déformé ses propos pour en tirer une histoire édifiante, une histoire qui faisait peur à tout le monde et qui valait bien la peine qu'on la répète même si on y croyait à moitié. Après les attentats, certains collègues avaient demandé à Inès ce qu'elle pensait de tout ça, si les musulmans allaient manifester « avec nous », si elle avait lu le Coran. Et quand elle entrait dans la salle des profs, certains se taisaient. On l'accusait déjà.

Inès ne sait plus quoi faire, elle voudrait aller au cinéma, changer d'air, voir autre chose. Elle reste coincée de longues minutes dans l'entrée. Elle sent les murs se rapprocher. Elle cherche une sortie de secours qu'elle pourrait franchir en rampant. Quand Inès est piégée, elle regarde ailleurs. Il lui arrive de ne pas payer son loyer, les courriers de rappel s'entassent dans la boîte aux lettres et Inès, quand son propriétaire arrive pour réclamer son argent, pleure en accusant la banque de s'être trompée. Elle ne serait pas aussi convaincante si elle n'avait pas ces joues rebondies et ces fossettes quand elle sourit qui lui donnent, à trente et un ans, de faux airs d'adolescente. Cette fois, elle ne peut pas esquiver, elle doit agir.

Assise sur son canapé, elle allume son ordinateur et tape « accusation apologie du terrorisme » : des témoignages de gens licenciés, des élèves qui refusent de faire la minute de silence. Sur un site musulman et communautaire, elle écrit : « Comment se défendre quand on est accusé d'apologie du terrorisme ? » Elle réfléchit. Quand on est accusé, c'est qu'on a fait quelque chose, on ne peut être accusé sans raison. Tout le monde la soupçonnera, ses collègues, ses amis, les parents d'élèves, les voisins, même Yann. Elle imagine déjà la question empoisonnée, amère et honteuse : qu'as-tu raconté pour mériter ces reproches ?

Il est minuit passé. Amiradudesert75 lui écrit un long message, elle parle d'islam, de néocolonialisme, de Frantz Fanon, de Malcolm X, des Indigènes de la République. Inès lit le message en diagonale et retient une information : « Contacte cet avocat, Ahmed Bakir, il est bien, il a défendu une sœur voilée. » Inès tombe sur sa fiche LinkedIn et l'adresse de son cabinet. Il est 2 heures du matin quand elle regarde une interview de l'avocat qui défend le père d'un gosse de huit ans, envoyé au commissariat pour avoir dit à sa maîtresse qu'il n'était pas Charlie parce que son père aimait le prophète. Yanis ne savait pas qu'il allait devenir un bandit, comme dans les films, pour avoir répété les mots de papa. Il aurait dû faire attention. Inès se dit qu'elle est dans le camp de ces gens-là, ceux qui doivent être vigilants. Ceux qui ont été signalés.

Impossible de trouver le sommeil avec l'Accusation. Toutes ces années à oublier d'où elle vient, à boire du vin, à fréquenter ses amis blancs qui sans doute lui tourneront le dos. Inès rumine l'Accusation jusqu'à l'insomnie, elle cherche à comprendre pour effacer le malheur, la colère et la honte. À 3 heures du matin, elle comprend enfin, c'est évident : elle a trahi ses racines, elle ne va plus au Maroc voir son père, elle ne fait plus le ramadan, elle s'est assimilée en trahissant les siens, elle a vendu sa famille pour devenir un modèle-d'intégration-républicaine-issue-de-la-diversité. Bien fait pour elle, c'est un juste retour des choses. Et maintenant, elle est accusée d'apologie du terrorisme.

Demander de l'aide à un site communautaire, se tourner vers des gens dont elle avait jusqu'alors méprisé les discours identitaires, c'est sa punition pour avoir exclu une élève qui portait le voile et qui refusait de l'enlever, voilà pourquoi elle est punie, c'est le destin qui lui rappelle : « N'oublie pas d'où tu viens, de toute façon, tu auras toujours une tête d'Arabe. »

Elle voudrait appeler son père pour lui dire, pour lui demander pardon, mais son père est trop occupé avec sa deuxième femme pour l'écouter ou pour l'aimer. Elle prend quand même le téléphone et tape le 00212, l'indicatif du Maroc, qu'elle prononce à voix haute pour se donner du courage, puis elle renonce. Elle sait déjà ce que va dire son père : fais attention à toi, sois digne, travaille, va voir le médecin si tu es malade, sois fière de toi, ne salis pas mon nom. Un monde les sépare, un territoire perdu, celui des pères qui n'étaient ni des amants ni des papas mais des corps durs aux mains épaisses et à la voix grave. Des pères qui fument, qui tapent, qui prient, qui hurlent, qui acceptent, qui se taisent, qui se résignent. Des pères qui portent le nom de la loi. Inès repense à la dernière fois où elle a vraiment parlé à son père. Ils étaient dans la cuisine, elle revenait de cours, il lui a dit : « Ma petite, ta mère est morte » et il l'a embrassée. Ensuite, ils se sont assis à la table de la cuisine et ils ont pleuré, longtemps. Et après avoir pleuré, ils ont compris que la mère d'Inès ne reviendrait plus et qu'ils étaient condamnés à vivre comme deux étrangers sur une île déserte. Inès s'est levée et son père a regardé par la fenêtre.

Après la mort de sa mère, le père d'Inès a quitté son travail à l'usine. Il ne pouvait plus vivre en France. Il n'y avait plus l'odeur de Djamila dans les draps ni dans la salle de bains. Ses voisins lui ont conseillé de prendre une autre femme. Il n'a pas pu.

Au début, il s'est noyé sous la vaisselle sale, le linge pas plié. Puis, tout doucement, il a imité Djamila pour la faire revivre un peu, dans sa cuisine, dans son salon et pour lui demander pardon. Il a fini, avec elle, comme elle, par pleurer seul dans la cuisine en coupant les carottes.

Inès s'en souvient, son père lui a tout raconté. Le dernier jour de Djamila, celui de son dernier souffle, son père l'avait prise par la main. C'était la première fois qu'il faisait cela avec une femme qui n'était ni sa mère ni sa sœur. Elle avait chaud, de la fièvre, des frissons, et l'infirmière ne venait toujours pas. Et puis soudain, elle lui avait arraché le cœur. Elle lui avait dit ce qu'il était pour elle : une malédiction. Elle avait été triste le jour de son mariage, triste quand ils étaient partis en France, triste quand ils avaient eu leur fille, triste quand elle avait quitté son père pour une vie qu'elle n'aimait pas. Quand Djamila était tombée malade, elle l'avait caché à son mari parce qu'elle ne voulait pas qu'il l'abandonne, la répudie, avec la honte de revenir seule au village. Elle était morte en colère, convaincue d'être passée à côté de la vie.

Après cela, son père ne tenait plus debout. Il restait allongé des jours dans sa chambre, dans la puanteur du tabac froid. Un an plus tard, il a pris une femme et s'est installé au Maroc. Depuis, Inès se débrouille seule. Elle ne veut plus retourner au pays, au Maroc. Dix ans maintenant qu'elle n'a pas embrassé son père.

Inès retrouve ses réflexes d'étudiante confrontée à un problème logique qu'elle doit résoudre en six heures. Elle prend son stylo et son carnet pour disséquer l'Accusation : avoir justifié les attentats terroristes. Ce dernier mot, « terroriste », elle le nie, se contente de marquer « T » sur un bout de papier. Le proviseur lui a quand même recommandé de porter plainte. Se rendait-il compte, Chastelain, qu'en lui demandant de rentrer chez elle, en appelant son inspectrice, il avait accepté de prendre au sérieux les accusations contre Inès et que son procès imaginaire avait déjà commencé ?

Inès regarde les interviews de l'avocat. Il parle bien, il connaît le droit. Sur sa page Facebook, il défend les minorités. Il a reçu un prix de plaidoirie il y a deux ans. Inès le contacte pour lui demander un rendez-vous après lui avoir exposé les faits. Le message envoyé, elle regrette déjà. Elle aurait dû attendre le lendemain, le joindre par téléphone ou par mail. Il va comprendre qu'elle ne maîtrise rien, qu'elle appelle au secours. Après tout, il est trop tôt pour consulter un avocat, il n'y a pas de suspension officielle. Le proviseur lui a conseillé de rentrer chez elle, le temps que les choses s'apaisent. Inès ne sait plus ce qu'elle doit faire, parler à un avocat ou se taire et attendre sagement le message de son inspectrice.

Le sommeil ne vient pas, le vrai, le profond, celui qui assomme, qui fait tout oublier. Elle somnole et repense à sa journée, ses angoisses deviennent des cauchemars : elle se voit reconduite à la frontière, menottée, la tête baissée et son père qui la gifle sur le tarmac.

Au réveil, le café ne la console pas. Elle en a trop bu pour avoir les idées claires. Sur son ordinateur, il y a un message d'Amiradudesert75 qui lui propose de l'aide. Elle aimerait avoir sa mère auprès d'elle. Cette nuit, elle l'aurait aidée à dormir. C'est nouveau, elle ne pense jamais à sa mère d'habitude, elle préfère se dire qu'elle n'a jamais existé.

Inès s'endort et se réveille une demi-heure plus tard. L'avocat lui a répondu. Elle prend rendez-vous. Amiradudesert75 a envoyé d'autres messages sur son portable : « Comment vas-tu ? » « Je suis là si tu as besoin de parler », « Viens à l'association, on est avec toi ». Inès discute toute la journée au téléphone avec Amira. C'est pourtant le genre de fille intrusive qu'elle ne supporte pas. Mais elle a besoin d'une présence pour se rassurer. Alors Inès lui explique tout : la relation avec son père, la mort de sa mère, les problèmes avec les élèves, elle lui confie même qu'elle a trompé Yann, son compagnon. D'ailleurs, Inès n'a pas revu Yann depuis l'Accusation, elle a ignoré tous ses messages. Yann s'inquiète, s'agace, lui envoie dix textos par heure. Inès est en train d'oublier sa vie d'avant.

La femme de l'Émir

Inès a proposé un rendez-vous à Amira dans un café de Belleville. Depuis deux heures, elle se prépare pour trouver la tenue qui corresponde le mieux à son nouveau statut de victime et présumée terroriste, ni trop heureuse ni trop déprimée. On n'aide pas les gens qui vont bien, mais on n'aide pas non plus les gens trop abîmés, dont on ne sait plus quoi faire. Elle a choisi une jupe crayon pas trop moulante, des baskets blanches et un tee-shirt gris. Inès est assise dans le bar et lève la tête chaque fois qu'elle entend les grelots de la porte d'entrée. Inès s'impatiente, elle arrive toujours trop tôt aux rendez-vous. En attendant Amira, elle déchire des serviettes en papier pour réduire l'Accusation en miettes.

Quand Inès comprend qu'Amira est la fille voilée qui vient d'entrer, un grand sourire aux lèvres, le temps s'arrête. Elle pense aux Minguettes à Lyon, chez sa tante Zohra, où elle a atterri après le départ de son père au Maroc. Elle a vu le quartier changer sous ses fenêtres, en quelques années, devenir de plus en plus sombre et déprimant. Mais Inès en est sortie, c'est son histoire, elle aime le raconter aux autres. Depuis le collège, elle voulait partir, convaincue qu'elle finirait par ressembler à sa famille et à ses voisins qu'elle prenait déjà de haut. Elle se mettait à la fenêtre et regardait les rodéos de mobylettes, les gars qui tenaient les murs, les histoires pour rien. Et puis il y a eu le retour du religieux. Au rythme des barbes et des voiles qui s'allongeaient, son quartier est devenu plus sage. Même les dealers ont cherché à se donner une allure respectable en portant des quamis[1]. En réalité, rien n'a changé. Des barbus, des salamalecs, des usines qui ferment, des fils perdus sans le travail de leurs pères, des corps perdus qui tournent en rond comme des vis déboulonnées et la mosquée qui remplace tout. Aucune révolution mystique là-dedans, juste des existences qui tournent à vide comme un moteur de mobylette qui ne démarre pas et finit par exploser.

Après les émeutes de 2005, Inès est partie, définitivement affranchie de son milieu. Elle n'a aucun souvenir précis de cette année-là sinon qu'elle entamait sa licence de philosophie et qu'elle vivait à quelques centaines de mètres, dans une résidence universitaire du IIIe arrondissement à côté de Vénissieux. Ici, on craignait pour

1. Longues tuniques orientales pour homme.

sa sécurité, à quelques rues, « là-bas », on cramait les voitures de ceux qui n'avaient rien demandé.

Lorsque Amira ferme son parapluie à l'entrée du bar, Inès se demande si sa jupe n'est pas trop courte et si Amira va la jeter en enfer. Ces heures passées au téléphone, cette complicité naissante, tout a disparu avec le voile d'Amira. Doit-elle rester ou inventer une excuse pour s'enfuir ? Qui est cette fille ? Inès se sent piégée.

Elle se souvient des deux femmes voilées qui s'étaient moquées d'elle lors d'une présentation ratée quand elle travaillait dans la pub. On lui avait confié le Keynote pour la vente d'un vin halal. Des Qataris voulaient s'imposer sur le marché européen mais ne connaissaient pas bien les musulmans français. Les types de l'agence ont pensé naïvement qu'Inès s'en sortirait. Inconsciemment ou pas, elle a tout fait foirer en arrivant en retard, en minijupe, maquillée comme une prostituée pour cacher à quel point elle était fatiguée. Elle avait fait croire aux Qataris qu'elle était d'origine égyptienne, les gens du Golfe prennent les Maghrébins pour des clodos. Deux meufs avaient fait le déplacement et s'étaient moquées de son accent français. Elle avait pourtant répété son arabe toute la nuit.

Amira est une inconnue. Sa voix n'est pas celle qui a bercé son oreille l'autre soir et par laquelle elle a trouvé le sommeil. Comment devenir l'amie d'une fille qui lui ressemble si peu ? Amira porte un voile noir avec des motifs dorés, un voile qu'Inès ne parvient plus à quitter des yeux. Amira sourit et appelle le serveur. Inès se sent maladroite tout d'un coup, elle ne sait plus quoi faire de ses mains. Ce rendez-vous promet d'être une catastrophe, un rendez-vous Tinder raté.

De sa voix grave, forte et imposante, Amira commence. Elle porte un keffieh[1] palestinien et un piercing au nez, des tracts dépassent de son sac, elle va manifester tout à l'heure pour les sans-papiers. Elle a pris avec elle deux voiles intégraux noirs qui viennent d'Arabie saoudite, un pour elle, un autre pour Inès avec quelques liasses de cinq cents euros. On dirait un bric-à-brac d'identités volées à l'arrache dans un bazar pakistanais.

Amira est à l'aise, elle raconte sa vie, sans gêne. Depuis son divorce, elle rend service aux autres, c'est ce qui la fait tenir debout. Elle ne veut plus se retrouver seule chez elle, le vide l'angoisse, elle l'oublie dans tous les lieux où l'on a besoin d'elle. Amira commande un Coca, elle adore le Coca, elle l'a dit hier soir à Inès, elle en consomme tout le temps, même tard le soir – si elle n'en avale pas un litre par jour elle a mal aux intestins

1. Foulard paysan arabe utilisé comme symbole de soutien à la cause palestinienne.

et elle s'énerve facilement. Il paraît que c'est une drogue et que le Coca-Cola finance la colonisation israélienne. D'ailleurs lu à l'envers et avec un peu d'imagination, Coca-Cola devient en arabe « Non à Mahomet, non à La Mecque », mais ce désir de bulles artificielles, c'est plus fort qu'elle. Un jour, alors qu'elle en buvait à pleines gorgées, un salafiste[1] est venu la voir dans la rue pour lui demander si elle n'avait pas honte de faire couler du sang palestinien. Elle a éclaté de rire et lui a répondu : « Et toi tu n'as pas honte de mater la bouche d'une femme qui n'est pas la tienne ? » C'est tellement facile de faire culpabiliser les salafs, ils voient du cul partout.

— Tu as parlé à l'avocat ?

— Pas encore, je le vois demain.

— Tu veux que je t'accompagne ? Je le connais bien, on a milité ensemble aux Étudiants musulmans de France, et il m'a aidée pour mon divorce. Grâce à lui, je me suis pas fait racketter par mon ex.

Amira, en avalant son Coca, émet un petit rot. Inès sourit. Amira redevient la fille qui lui a changé les idées hier soir, celle par qui le sommeil est revenu. Amira sent bien la gêne d'Inès, elle n'insiste pas. Elle veut juste lui faire comprendre qu'elle sera là, au cas où. Elle est marrante cette fille avec son petit air coincé, son style BCBG,

1. Musulman orthodoxe.

sa jupe crayon, ses baskets, ses joues rondes, ses cheveux bouclés bien disciplinés : on dirait la petite métisse qu'on voit toujours dans les pubs d'assurance.

Amira reçoit un texto, c'est sa mère qui l'invite à dîner. Elle va sans doute lui taxer de l'argent pour partir au bled, en Mauritanie, et acheter des trucs à son neveu pour son mariage. En ce moment, Amira est un distributeur de billets. Elle ne travaille pas, mais elle a investi depuis dix ans dans l'immobilier, elle a acheté des studios à Belleville. À l'époque, c'était vraiment crade et tout le monde l'a prise pour une folle. En revenant de Berlin, elle a compris que les lois de l'immobilier finissaient toujours par enlever la crasse et la puanteur des endroits bien situés. Aujourd'hui, à Belleville, les barbes épaisses des salafs ont laissé la place aux barbes bien taillées des hipsters, et les studios achetés il y a dix ans se revendent dix fois le prix initial. Avec tout cet argent, la famille a rappliqué, Amira la folle est devenue la cousine marrante, tout le monde trouve ses blagues très drôles. L'argent rend fou. Même sa mère s'est calmée, elle ne la harcèle plus pour lui trouver un nouveau mari.

Amira fait n'importe quoi avec l'argent. Un jour, elle a enfilé un niqab pour jouer à la Qatarie dans une boutique de luxe sur les Champs-Élysées. Devant un policier qui voulait la verbaliser, elle a ouvert son sac en laissant apparaître une liasse de billets de cinq cents euros. Elle a adoré la tête du petit fonctionnaire de police. Elle a levé le menton comme un dictateur arabe en pleine gloire et a parlé anglais avec un fort accent oriental en roulant les r, « me wife di l'Émirre », on l'a laissée tranquille. Dans le magasin, elle s'est prise pour Beyoncé en voile intégral, elle en a fait une story sur Insta. Le vendeur l'a suivie, à son rythme, et elle a pris un immense plaisir à lui glisser un billet de cent euros dans la poche avant de partir. Ni terroriste ni soumise, juste une femme puissante.

Amira aimerait embarquer Inès sous son niqab pour la libérer. Jouer avec la peur, la folie et l'hypocrisie. Se cacher sous un voile noir avec de l'argent qui déborde de son sac, une drogue pour Amira. Mais elle voit bien qu'Inès n'est pas prête. Elle lui proposera la prochaine fois. Pour l'instant, la fille en face d'elle est sur le point d'exploser, ça se voit à la manière de boire son café crème sans respirer, le regard perdu. Inès est à bout. Elle a envie de disparaître.

Rencontrer Ahmed, l'avocat, ça va lui faire du bien. Ce mec est un as du barreau et une bonne personne qui ne laisse pas les gens dans la merde, il veut toujours faire le bien autour de lui, toujours positif. Si un jour Ahmed lui proposait d'être sa seconde femme, Amira accepterait sans discuter, même pour une nuit.

Ahmed

La veille, Ahmed a reçu le message d'Amira : « Sois sympa avec Inès, elle a l'air perdue. » Inès n'est pas une exception. Depuis le 7 janvier, les fausses accusations remplissent sa boîte mail. Tout le monde y passe. Le cheminot trop gréviste, l'agent de la CAF qui lance : « C'est grave de tuer mais on insulte pas le prophète », le gamin de cinq ans qui préfère la Tunisie à la France. Tous au commissariat.

Ahmed se souvient de la première fois où il a entendu « Retourne dans ton pays, sale Arabe ». Un coup de pied dans le ventre, son identité fauchée, son équilibre perdu. Comment tenir debout après ça ? Il avait six ans. Il simulait un peu pour rester avec sa maîtresse de CP. Au lycée, il vivait quasiment à la bibliothèque. Et il y a eu ce concours de plaidoirie en terminale, personne ne l'a vu venir. Les autres n'en revenaient pas. Sabine, la fille la plus mignonne de la classe, lui a même dit : « Tu parles bien pour un Arabe. » Sa tête a cogné les murs.

La vieille rengaine est toujours là : « Retourne chez toi, sale Arabe », « On va t'enlever ta nationalité française, sale bicot », « Ici t'es pas chez toi ». On leur murmure, à lui et à tous les autres, qu'il faudra toujours payer l'addition, rester des Français à part, des citoyens de seconde zone.

Depuis les attentats de *Charlie Hebdo*, l'avocat toujours pressé reçoit des dossiers kafkaïens. Des enfants au commissariat, des kébabs saccagés, des pères menacés, des familles entières traumatisées. Plus de 3 700 perquisitions pour rien.

Et quand, au milieu de la nuit, les enfants se mettent à hurler, que la police entre, casse les murs, les portes, les fenêtres, blesse les enfants, les accusés ne se doutent même pas que c'est la police. Ils ont regardé BFM en boucle, ils pensent que les terroristes sont venus pour les dégommer.

Les accusés se sentent coupables d'un crime qu'ils n'ont jamais commis et qu'ils ne pourront jamais effacer parce que ça ne s'efface pas, le soupçon. Certains mettent leurs enfants dans les écoles confessionnelles, ils sont prêts à quitter la France, à tout recommencer dans un pays lointain, dont ils ne savent rien sinon qu'un croissant[1] figure sur le drapeau.

---

1. Le croissant est le signe de l'islam sur les drapeaux des pays musulmans.

Debout, à marcher autour de son bureau avec l'envie irrésistible de se remettre à fumer, l'avocat Ahmed Bakir désespère. Il n'y a plus de hasard, l'histoire se répète et les fils ne feront jamais mieux que leurs pères. Faire les choses comme il faut, obéir aux règles, s'intégrer ça ne suffit plus. On ne pourra jamais vivre ici sans être renvoyé ailleurs. Ahmed a tout fait pour que personne ne s'étonne que ses gosses sentent bon et parlent bien. Il a milité à SOS Racisme puis aux Étudiants musulmans de France. Il a arrêté, personne n'était d'accord avec personne et les luttes d'ego prenaient le dessus, des luttes pour rien, sans rapport avec les raisons qui l'avaient fait adhérer. Les Algériens reprochaient aux Marocains de rester les sujets d'un roi, un archaïsme incompatible avec la République, à Paris comme à Alger. Les Marocains reprochaient aux Algériens leur ambition politique. Pour avoir raison, les uns et les autres tiraient des citations du Coran et des hadith[1] qu'ils accommodaient à leurs petits intérêts temporels. Une psychose collective, tout le monde parlait à la place de Dieu.

Ensuite, Ahmed a fait son droit et s'est engagé en politique pendant les années Sarko. Il militait à gauche. Pour lui, c'était une évidence. Et pourtant, aujourd'hui, les pontes du Parti socialiste menaçaient d'appliquer la

1. Propos qui rapportent la vie du prophète.

déchéance à des gens comme lui, d'en faire des Français en sursis, des Français de papier. On ressuscitait la double peine que François Mitterrand avait combattue : renvoyer chez eux les condamnés sur ordre de la Justice française.

Ahmed ne sait plus quoi faire. Quelle langue faut-il parler pour ne pas perdre ses mots et rentrer un jour, triste et accablé, dans un pays que l'on connaît à peine ?

Youssef

Quand Le Pen s'est trouvé au second tour en 2002, Youssef, le père d'Ahmed, a considéré qu'il avait fait son temps en France. Il est retourné au Maroc dans la maison qu'il avait fait construire pour lui et ses gosses. Youssef a bien dû admettre qu'il s'était menti pendant quarante ans. En 1970, arrivé en France, il s'était juré qu'il resterait ici, dans son pays d'adoption où il avait débarqué un matin aux aurores, mangeant ses boulettes de viande tièdes sur un banc avec personne à qui parler. Il faisait trop froid pour un pays chaud. C'était triste pour un joli rêve. Il n'a même pas pensé à prendre le chemin du retour. Il a insisté comme un homme insiste maladroitement avec une femme qui ne veut pas de lui et qui n'ose pas lui avouer par politesse. Il a même essayé de parler français, mais toujours à l'orientale, comme un Arabe. Il se débattait avec les mots qui ont continué à ne pas dire ce qu'il pensait vraiment. À force de ne pas être compris, il s'énervait tout seul. C'est arrivé à lui et à beaucoup d'autres, on a fini par croire que ces hommes qui venaient de là-bas étaient méchants et enragés. Ils étaient juste dans un pays où il fallait tout réapprendre.

Comme ses amis qui ne parlaient pas français, il a parlé le langage des gestes. Quand il voulait boire un coup, il mimait un geste vers sa bouche. Pour trouver un marché où acheter des légumes et des fruits, il demandait la direction du souk. Personne ne lui répondait. Décidément ces Français ne comprenaient rien à rien et faisaient tout pour l'agacer.

Il a courbé la tête, les bras le long du corps, les mains agrippées l'une à l'autre dans son dos. Sur les bancs du centre-ville de Boulogne, avec d'autres chibanis[1], ils pouvaient utiliser les mots de là-bas pour parler entre hommes. En France, les bancs publics ne leur donnent aucune reconnaissance, juste l'indifférence. Chez eux, au pays, c'est la rue qui confère la virilité, l'âge qui donne l'expérience et l'autorité, le temps passé sur les bancs et les chaises des cafés qui garantit l'honnêteté. Mais ici, sur leurs bancs, personne ne les reconnaît. Ils sont juste de vieux corps malades, des mains abîmées, inutiles, des retours au pays oubliés. Une charge pour la société.

1. Vieux immigrés maghrébins.

À peine arrivé en France, Youssef s'est engagé comme ouvrier spécialisé, un OS à la chaîne chez Renault. Quand il pense à cette époque, il s'étonne encore de ce que le perfectionnement de la machine a produit d'abrutissement et de misère. Il a vécu dans un bungalow, dans un bidonville, comme des « zanimoux », répète-t-il souvent. Il n'y a plus beaucoup de photos de ce moment-là, de la vie à Nanterre, heureusement d'ailleurs. La misère, ça ne se montre pas. Aujourd'hui, il en parle sans rien avouer. Il ne dit pas qu'il faisait froid, que ça puait, que ses habits étaient toujours sales quoi qu'il fasse, parce qu'il y avait toujours de la poussière et qu'il n'y avait pas de femmes pour prendre soin de leur odeur. Les camarades de l'usine qui vivaient avec lui sentaient la mort, lui aussi sans doute, mais il préfère croire que cette odeur-là, c'était celle des autres. Quand ils allaient boire des coups le soir, les filles avaient peur. Personne ne dit l'humiliation de faire peur aux filles. Il n'y a pas de mots pour ça, ça ne s'explique pas. Jamais il n'oubliera les mines dégoûtées quand il s'asseyait à une table ou qu'il s'adressait à quelqu'un.

À l'usine, on ne l'embêtait pas trop, jusqu'au jour où, avec d'autres immigrés, ils ont fait grève pour avoir les mêmes salaires que les Français. Ils sont passés d'ouvriers analphabètes et exploités à suppôts de l'ayatollah

Khomeini, déguisés en travailleurs pauvres. Et là, le père a commencé à penser qu'il n'était vraiment pas chez lui.

Ahmed est l'aîné. Il est né en 1975 et a grandi avec l'idée du retour. Son père lui a dit qu'il se marierait là-bas, au pays, qu'ils iraient tous y mourir. C'était ça le pays pour les darons, un endroit où on est enterré après une vie rapetissée, exilée, arrachée. Pour Ahmed, un pays c'est là où on existe, là où on se tient droit. Lorsque Ahmed a commencé à mieux parler français qu'arabe, le père a eu honte de lui. Il a voulu rentrer au Maroc tout de suite. Il lui a fallu du temps pour comprendre que la France était surtout le pays d'adoption de ses enfants. Il s'est même dit qu'il aurait dû faire comme certains collègues algériens : laisser ses gosses au pays.

Youssef comprend un peu le français, mais le parle mal. Ses enfants comprennent l'arabe, mais ne le prononcent pas correctement. À la maison, on mélange les deux, on conjugue des verbes arabes comme s'il s'agissait de verbes français, on met un verbe arabe dans une phrase en français. Chez lui, on pouvait dire : « Zidi[1] la televisione et arrêti le hess[2]. » Dans leur immeuble, il n'y avait que des familles marocaines et personne n'utilisait exactement la même langue. Chaque famille avait son

1. Augmenter, en dialecte.
2. Le bruit, en dialecte.

propre langage, celui des pères qui ne comprenaient pas leurs enfants. Des identités brisées. Tout le monde est coincé par les mots.

Chaque fois qu'Ahmed parle pour les autres, ceux qu'il défend, il cherche la ligne claire, le discours sans fioritures, sans virages inutiles, les mots qui frappent par leur clarté, les mots qui éclairent et qui ne cherchent pas à briller. Son français, son intonation, l'énoncé de ses phrases sont nets, tranchants, sans effets inutiles. Quand son père est venu le voir au tribunal, il s'est demandé comment la machine qui avait fait de lui un homme courbé avait pu fabriquer un fils si juste, si habile. Un fils qui ne lui ressemble pas. Il a pleuré.

Ahmed est comme tous les fils d'immigrés : ambigu, inquiétant. Il a le cul entre deux chaises, celle de son père qui lui dit : « Tu es à moi » et celle des Français qui lui répondent : « Tu n'es pas comme nous. » Le droit lui permet de ne pas s'asseoir, d'être debout et de rester digne.

Les gens comme nous

Quand Ahmed reçoit Inès, il lui demande d'exposer les faits, calmement. Il se présente à peine et ne pose pas beaucoup de questions. Son bureau est sobre et très mal organisé. Inès est fascinée par la montagne de dossiers pour « Apologie du terrorisme ». Elle hésite sur chaque mot pendant qu'il prend des notes. Elle ne sait pas comment dissocier les accusations et les faits, ne pas dire qu'on est Charlie, est-ce suffisant comme preuve, est-ce qu'elle est coupable ? L'avocat ne l'interrompt pas, il la laisse s'exprimer à son rythme. Quand elle lui raconte le rendez-vous avec le proviseur, sa lèvre inférieure commence à trembler. Elle se souvient qu'elle était sur le point de pleurer ce jour-là, de sa gorge serrée, de cet imbécile de Chastelain qui prenait son pied à l'écraser.

L'avocat l'interroge sur ses origines. Elle ne répond pas et lui jette un regard froid. Inès n'a jamais aimé cette sympathie communautaire forcée. Ahmed Bakir finit chaque phrase par inchallah. Inès se demande si elle est bien à sa place dans ce bureau, si cette histoire de plainte ne va pas lui échapper et finir par l'éclabousser plus encore. Est-ce vraiment une bonne idée d'être défendue par un avocat ouvertement musulman ? Elle qui sait à peine parler arabe et qui ne va jamais à la mosquée. Ne va-t-on pas l'accuser de communautarisme ?

Inès se remémore le profil d'Ahmed sur internet. Il gagne souvent, c'est peut-être la seule chose qui compte à ce moment-là. Sortir de cette histoire, le plus vite possible.

L'avocat l'interroge :

— Vous avez l'air gênée ?

— Oui, un peu, c'est dur d'être prise pour une coupable. Je suis perdue, je n'ai jamais contacté d'avocat, je me sens nulle.

Inès rougit. Elle en dit trop, elle est maladroite, elle ne veut pas montrer qu'elle a perdu pied.

— Vous n'avez rien fait, à moins que vous ne soyez une terroriste par accident ?

— Non, bien sûr.

— C'est donc une injustice, marre des gens comme nous qui doivent constamment raser les murs.

Inès n'a pas aimé cette expression. Pourquoi « comme nous » ? Ahmed n'a pas l'air de comprendre qu'Inès n'est pas comme lui. Elle n'a jamais pensé qu'elle était musulmane ou Marocaine avant tout ; l'idée de porter le voile ne lui viendrait même pas à l'esprit ; elle boit du vin ; son compagnon est un Français comme il faut. Ahmed voit-il à quel point Inès est innocente ?

L'avocat reprend :

— Votre histoire est simple, une mère d'élève a fait un signalement au proviseur.

Il n'avait pas fallu plus d'un coup de fil et quelques menaces pour que le gros Chastelain balance le nom de l'accusatrice.

Dépôt de plainte

Le lendemain, Inès se rend au commissariat pour porter plainte. Elle s'est lissé les cheveux et s'est coiffée d'un chignon banane pour avoir l'air d'une enseignante sérieuse, irréprochable. Est-ce pour cette raison qu'elle a été si bien reçue ? Une fois entrée, les policiers l'ont rapidement prise en charge.

— Alors, expliquez-moi, ma petite dame.

— Je viens porter plainte contre Mme Magali Dufour.

— Magali Darfour.

— Non Dufour, Magali Dufour.

— Dites-moi tout.

— Elle est parent d'élève de mon lycée, je suis enseignante.

— Ah, c'est bien, prof de quoi ?

— Philosophie.

— Houla, c'est prise de tête ça. Ils sont sympas les gosses ?

— Oui, ça va.

— Alors qu'est-ce qu'elle a fait la mère Darfour ?

— Dufour, monsieur.

— Oui, je sais, je plaisante. En ce moment, si on rigole pas un peu, il reste plus qu'à se pendre.

— Je veux poser une main courante pour dénonciation calomnieuse.

— Putain ! Encore une ! Laissez-moi deviner, elle vous a vue acheter des dattes ? Vous portez trop de jupes longues ?

— Elle m'a accusée d'apologie du terrorisme.

Le policier la regarde un moment, un peu surpris, mais amusé quand même par cette gamine avec sa tête de première de la classe.

— Houla, la mère Darfour, elle rigole pas. Donc on dépose plainte pour lui ficher la frousse ?

— Oui, si vous voulez.

— Allez, on y va, je vous écoute.

— Mme Dufour a écrit un courrier au proviseur, d'après elle j'aurais dit aux élèves : « Les terroristes de *Charlie Hebdo* ont mérité leur exécution. » Elle ment. Je n'ai jamais dit ça.

— Bon, elle a envoyé un courrier. Faut le récupérer pour le mettre dans le dossier.

— Il est entre les mains de mon avocat.

— Ah, c'est bien, un avocat, faut se défendre.

Le policier a tout noté, a relu deux fois le procès-verbal. Il fallait peser chaque mot. Puis Inès l'a signé et a remercié le policier.

La suspension

M. de Chastelain, le proviseur, a bien appris sa leçon. Pour régner dans un lycée, comme dans un pays en guerre, une seule arme : la division. Chastelain en fait usage dans son fief, sa petite cité scolaire. Il donne un peu de pouvoir à certains enseignants, souvent les plus revendicatifs, et attend que les autres les craignent, les suivent ou les détestent. M. de Chastelain se pose alors en arbitre, en sauveur, pour mettre fin aux conflits qu'il a lui-même provoqués. Il s'entoure d'une petite cour prête à vendre son âme pour dix heures sup et un peu de reconnaissance. Il était agrégé de lettres avant d'être proviseur. Fasciné par les bassesses humaines, il a écrit une thèse sur *Les Caractères* de La Bruyère. Il s'en vante régulièrement en citant son auteur préféré, persuadé de s'être hissé à la hauteur de son sujet. Quand il rentre le soir, il s'en amuse avec sa femme et fomente avec elle des petites stratégies mesquines qui réussissent toujours par la grâce de l'autorité hiérarchique : personne n'est dupe, à part lui-même, de l'intelligence de ses stratagèmes. Tous ses petits complots de lycée de banlieue lui ont fait croire qu'il était un homme politique et, grisé par sa propre puissance, il exerce ses fonctions avec bonheur.

Les parents lui foutent la paix et le lycée attire les bons élèves du secteur qui font monter le classement de son établissement, M. de Chastelain est donc un bon proviseur. Il a remarqué que l'option sport attirait beaucoup de gamins des cités. Il ne l'a pas supprimée, il en a rendu l'accès de plus en plus difficile, puis impossible en regroupant d'abord les cours de l'option sport avec les cours de maths des terminales S, de philosophie des terminales ES et de management de la terminale STMG 3. L'option a perdu ses effectifs et n'a pas été reconduite compte tenu de sa « faible attractivité ». Les élèves du quartier des Pyramides d'Évry sont allés voir ailleurs.

M. de Chastelain sait comment faire, il voit loin, toujours plus loin, avec pour seul horizon sa propre tranquillité. Et si quelques syndicalistes lui reprochent d'être un incompétent sensible à toutes les pirouettes pour satisfaire sa hiérarchie, cela l'indiffère.

Quand il a reçu la lettre d'accusation contre Mme El Amrani, il n'y a pas vraiment cru. Mais il fera tout pour obtenir la paix quitte à se débarrasser de cette prof encombrante. De toute façon, il ne l'a jamais aimée. Et puis tous ces témoignages, après tout, c'est troublant, elle a le profil, on ne sait jamais. Sa femme, qui enseigne dans le même lycée, s'est toujours méfiée d'Inès, l'Arabe prof de philo avec ses cols roulés, qui ne vient pas aux fêtes de fin d'année. L'an dernier, elle s'est même absentée pendant deux mois sans prévenir.

Le proviseur ne veut pas de bruit, pas de vagues, surtout après l'appel de l'avocat, Ahmed, il ne se souvient plus du nom. Il faut mettre fin rapidement à toute cette histoire. « Apologie du terrorisme », c'est grave quand même, surtout pour l'image du lycée. De toute façon, l'inspection a tranché, il est couvert par la hiérarchie. Inès ne peut revenir tout de suite au lycée, il s'apprête à l'informer de sa suspension.

Inès entre sans prévenir, plus tôt que prévu. Elle lui parle de l'avocat et lui transmet son courrier, elle veut renverser la table, faire oublier le premier entretien, la tête baissée, les épaules courbées et à deux doigts de pleurer, presque coupable.

Inès parle fort et clair mais le proviseur remarque son épuisement et sa confusion. Devant lui, il n'a plus la prof pénible qui réclame pour les autres, mais une petite fille qui a perdu pied. Grand seigneur, Chastelain a le triomphe modeste, il la rassure, il a eu son avocat au téléphone, tout va bien se passer, la suspension est temporaire, le temps de l'examen de la plainte. Ce n'est pas de la bienveillance ni même de la perversité.

Juste un froid calcul. Si l'affaire arrive aux oreilles des syndicats, il ne veut pas jouer le mauvais rôle. Chastelain se lève, esquisse un sourire paternel et indique la sortie à Inès.

Les Blancs

Inès rentre chez elle, allume son ordinateur, se connecte à son compte Facebook et retrace son historique. Elle note tout à partir du 7 janvier 2015. Il faut tout raconter, tout dire. Comment elle a vécu *Charlie Hebdo*, si elle a été Charlie ou pas, ce qu'elle a pensé du 13 novembre, son rapport à l'islam. Comment elle a pris en charge ses élèves. Elle a essayé de contacter Yann et Mathilde, mais elle n'y est pas arrivée. Une fois de plus, c'est Amira qu'elle a appelée.

Inès s'est fabriqué des habitudes, des rituels, pour fuir l'Accusation. Le vide, l'ennui et l'angoisse guettent la moindre brèche dans son emploi du temps. Elle se lève tôt, même le week-end. Elle va boire un café à Belleville pour entendre, dès l'aube, des hommes aux moustaches épaisses parler arabe. Ne pas rester seule. Amira est déjà là, elle l'attend.

— Alors tu le trouves comment, Ahmed ? Il est trop beau, non ?

— J'ai pas fait gaffe.
— Ouais, c'est ça.
— Tu viens avec moi à la mosquée ?
— Non, c'est pas mon truc. Je sais plus comment on prie.
— Bon tant pis, une prochaine fois. Moi, quand je stresse, la religion ça m'apaise. T'as un mec ?
— Oui, enfin je sais plus, on ne se voit plus beaucoup. Je lui ai même pas dit que j'étais accusée. Il ne comprendrait pas.

Amira commande un autre Coca. Inès regarde ailleurs. Amira s'énerve tout à coup, son discours est revendicatif, catégorique. Elle parle de néocolonialisme et d'inégalités, de racisme systémique, d'islamophobie et des « Blancs ». Inès revient à elle, c'est un mot qui la réveille, un mot qui a claqué sur la langue d'Amira, une première fois puis une autre, encore et encore, jusqu'à devenir un objet récurrent d'accusation. Amira pourrait même dire : « Il pleut aujourd'hui à cause des Blancs », ça n'étonnerait pas Inès. Ce mot l'a d'abord agressée, lui a transpercé la tête. Ce qui gêne Inès, ce n'est pas que l'on objective, que l'on condamne, que l'on dénigre « les Blancs », mais plutôt que, maintenant, elle n'est plus blanche, elle a perdu son innocence.

Amira dessine la carte d'un nouveau monde, elle épuise tous les espaces, toutes les nuances, toutes les indéterminations de l'histoire, de l'esprit, de la vie et des mouvements de chaque corps avec cette unique séparation : nord-sud, dominant-dominé, blanc-indigène.

Inès est devenue ce qu'elle n'accepte pas, ce qu'elle a toujours refusé d'être. Si elle avait été un peu honnête avec elle-même, elle aurait admis qu'en sortant du bureau du proviseur après sa convocation, elle avait connu la déchéance. D'enseignante agrégée de philosophie élevée par les livres, elle était passée à un statut indistinct, une chose étrange et obscure, une menace. Son nom, son appartenance supposée à une religion, avait fait d'elle une complice.

Inès n'a pas parlé de l'Accusation à tous ses proches, seulement à ceux qui lui ressemblent, à ceux qui pourraient un jour se trouver à sa place. En parlant à Amira ou à Ahmed, elle ne s'est pas demandé s'ils étaient de son côté, ils l'étaient déjà. En l'accusant elle, on accusait tous les Arabes.

Inès entre chez Yann, il est allongé sur le canapé, une bière sur la table basse.

— Pourquoi tu réponds pas à mes messages ?

— J'étais occupée, trop de travail.

La dernière fois qu'ils se sont vus, ils ont parlé des attentats. Inès se dit que si la conversation reprenait aujourd'hui elle réagirait autrement. En fréquentant Amira et Ahmed, elle a changé. Yann est blanc, il ne pourra pas comprendre.

La discussion s'envenime. Yann parle des élèves qui refusent de boire de l'eau durant les épreuves du bac, à cause du ramadan, alors qu'il fait plus de 30 °C dans chaque salle.

Yann en rajoute :

— C'est n'importe quoi ces gamins qui jeûnent en pleine canicule pendant le bac.

— Qu'est-ce que ça peut te faire à toi, t'es pas musulman. C'est pas ton problème.

— C'est pas une question de religion, mais de logique.

Pourquoi ne prend-il jamais son parti ? Pourquoi la religion musulmane est-elle une obsession pour tout le monde ?

Yann n'est plus le Yann qu'elle admire, le garçon dont elle chérissait aussi les défauts et à qui elle pouvait pardonner beaucoup de choses. Il n'est plus qu'un « Blanc » qui condamne une religion qui n'est pas la sienne. Yann devient Arnaud Mester qui frappait Inès au CP en plein ventre en lui lançant : « Sale Arabe », Fabien Dupère qui se moquait d'elle au collège parce qu'elle faisait le ramadan. « En démocratie, on a le droit d'insulter la religion des autres », lui dit Yann, et elle pourrait le gifler. Yann ne comprend pas qu'Inès est devenue musulmane, qu'on ne critique pas une religion à laquelle on n'appartient pas, que ce n'est pas ça la « démocratie ».

Et puis Yann plaisante toujours quand il s'agit de religion. Pour Inès, se moquer de l'islam, le mépriser, c'est comme dire « Sale Arabe », une assimilation forcée, à coups de poing dans le ventre. Sans la religion qu'elle ne pratique plus, il n'y a plus rien pour sauver Inès.

Yann est blanc comme tous ces gens qui parlent systématiquement à la place d'Inès pour lui dire qui elle est vraiment, tous ces gens qui n'ont jamais eu à se poser la question de savoir ce que ça faisait d'être regardé de travers, tous ces gens qui ne veulent pas reconnaître qu'ils sont blancs.

Aujourd'hui, face à la colère d'Inès, Yann retient ses mots, pris en otage d'une domination dont il connaît les ressorts mais dont il n'a pas toujours conscience. Au fond, Yann ne pense pas qu'il est blanc et qu'Inès est arabe. Il aimerait juste rester avec elle.

Yann connaît la fragilité d'Inès derrière ses leçons de morale politique, il l'a vue pleurer il y a quelques semaines en évoquant le Maroc de son père qui lui manquait, elle voulait repartir là-bas faire un mariage musulman. Puis se ravisant subitement, elle est redevenue la prof de philo qu'elle prétend être aux yeux du monde, une femme de livres et d'enseignement avant de chavirer à nouveau, petite fille de son père qui veut retrouver ses racines. Ce jeu permanent de bascule risque d'emporter Inès vers des rivages dangereux et inconnus. Yann aime Inès et craint de la perdre.

Amira

Si Amira n'avait pas été là, Inès serait restée chez elle toute seule face à l'Accusation. L'histoire d'Amira, c'est l'explication qui vient laver l'offense, l'explication qui la rattache à une longue histoire de souffrance et d'injustice, une histoire qu'elle avait toujours négligée, méprisée, un délire de militants radicaux qui prenaient leurs fantasmes aigris pour la justice. Amira rayonne, elle s'en fout. Un jour, peut-être, Inès se sentira comme elle appartenir à quelque chose de plus grand et racontera ce qui lui est arrivé avec autant de joie et de conviction qu'Amira, avec des cris, des larmes et des rires.

Quand Amira s'est voilée, son père l'a giflée et Amira a pris la porte. Ils n'ont rien oublié ni pardonné. Amira va le voir, rarement, à Clichy-sous-Bois dans son bel appartement tout neuf. Mohamed parle bien français et reprend toujours sa fille sur ses fautes d'expression. Il est né en 1963, son père est arrivé en France juste après la guerre d'Algérie. Il a évité d'en parler à ses enfants, pas de politique à la maison. Mais la guerre était arrivée jusque dans la cour de l'école où Mohamed avait entendu pour la première fois le mot « harki » : « Sale harki », lui avait dit un petit garçon algérien. « Harki », c'est la honte, des vendus pour les autres Arabes. Il avait vingt ans pendant la Marche des beurs, il n'y est pas allé, son père le lui avait interdit, son père qui savait pourtant que ses fils étaient des Français de papier avec leurs têtes de bicots. De son père, Mohamed a appris qu'on devait aimer la France, il a appris que la France était sa terre, que c'était dans cette terre que son père avait choisi d'être enterré, au cimetière d'Aulnay, avec ou sans carré musulman. Mohamed ne connaît pas l'Algérie, il s'en fout. Il n'est pas comme tous les autres immigrés à jeter constamment un œil en haut des armoires, sur les valises toujours pleines, la tête tournée vers le bled[1]. De toute façon, personne ne l'attend là-bas.

Mohamed est français, sa bibliothèque parle pour lui : pas de Coran, mais *Les Rougon-Macquart* et l'œuvre complète de Balzac. Il adore la littérature du XIXe siècle. Il a forcé ses enfants à lire, à travailler à l'école, à ne pas se comporter comme tous les Arabes, il voulait qu'ils s'intègrent, qu'ils se fassent oublier, qu'ils ne fassent pas

1. La génération d'immigrés arrivée en 1970 gardait en tête qu'elle rentrerait bientôt au pays. Les valises étaient toujours pleines.

d'histoires pour rien. Mohamed leur a tout donné, il a travaillé dur et les a laissés vivre comme ils voulaient. En échange, ses gosses devaient baisser la tête, raser les murs, et peut-être, un jour, devenir plus français que lui.

Quand Amira a voulu un piercing au nez, Mohamed a souri. Après tout, c'est un truc de Français les piercings. Pour son tatouage à dix-huit ans, il a été un peu gêné, le tatouage c'est pour les mecs. Lorsqu'elle est revenue avec des tracts pro-palestiniens, il lui a dit de ne pas se mêler de ces histoires, sans trop insister. Avec ses études de droit, il espérait qu'elle finirait ministre, comme Rachida Dati.

Le jour où elle a commencé à prier, à se rendre à la mosquée, il s'est inquiété mais il a préféré se taire, au moins elle ne reviendrait pas enceinte. Mais quand Amira est rentrée avec le voile, là, il n'a pas pu se retenir, il l'a giflée. Elle lui a répondu en pleurant que c'était lui l'irresponsable, le vendu, le fils de harki. Il l'a giflée encore plus fort, il n'avait pas d'excuse cette fois-là.

La première gifle est sortie toute seule, le seconde c'était la haine, la haine qui venait de loin, la haine de son père qui avait giflé sa petite-fille, la haine des petits Algériens qui le tapaient, lui, le « fils de harki », la haine qui circulait de baffe en baffe. Amira est partie et s'est mariée quelques semaines plus tard. Ils ne se sont pas parlé pendant des mois.

Le voile noir de sa fille l'a rendu cinglé. Les barbus étaient partout dans le quartier jusque dans la tête d'Amira. Ses enfants étaient vendus au capitalisme et voilà qu'ils se vendaient à l'islam. Ils se sont convertis les uns après les autres en entrepreneurs halal, la tête tournée vers le Qatar et leurs comptes en banque. Les luttes politiques ont disparu des quartiers, on se bat maintenant pour les piscines non mixtes et la construction de nouvelles mosquées.

Il aurait dû les ramener au bled, comme les autres darons, deux mois sans corn flakes ni Chocapic, les gamins auraient morflé, ils n'auraient plus fantasmé l'hijra[1], le retour à la terre musulmane. Amira n'aurait pas joué la sainte effarouchée et Salah, son fils de seize ans, ne se serait pas déguisé en rebelle touareg du Sahara. Son problème, c'est qu'il n'a pas quitté la cité, contrairement à tous ses voisins portugais et italiens. Il était trop attaché au quartier. Des années d'éducateur à s'occuper des mômes. Après les émeutes de 2005, quand les MJC ont été désertées par les gamins, les mosquées se sont remplies. Les filles étaient de plus en plus voilées, du halal partout, pour rien, même chez le traiteur chinois. La police de proximité a disparu. Dans les années 2000, son quartier est devenu un terrain de jeu pour les jeunes qui

1. Devoir pour le musulman de vivre sur une terre islamique.

défendent « leur » territoire et pour les jeunes flics mutés en banlieue parisienne, les petits cow-boys de la BAC.

En 2005, quand les gamins ont brûlé les écoles et les commissariats, il était sidéré, comme tous les darons. Trente ans après la Marche, Mohamed mesure l'étendue du gâchis. Au lieu de s'intégrer, de s'engager en politique, de faire profil bas, de jouer le jeu de Julien Dray et de toute sa bande, lui et ses potes auraient dû s'en tenir au vrai problème : la violence policière. Leurs enfants n'auraient pas connu les humiliations, les injures et les bavures. Ils auraient dû appeler la Marche des beurs, « la Marche pour la légalité » et pas pour « l'égalité », demander que la loi les protège et pas qu'elle les punisse. La plupart des Français imaginent que la banlieue est une zone de non-droit où la police ne peut pas entrer. Il faut habiter au centre-ville, à l'intérieur des murs protégés par la loi, pour ne pas voir que la police est constamment là, à surveiller. On s'étonne que ces gosses ne se sentent pas français quand tous les jours on leur demande de sortir leurs papiers d'identité et de fermer leur bouche de bicot ou de bamboula. Et quarante ans après le 17 octobre 1961, le massacre des Algériens jetés dans la Seine, on dégaine le couvre-feu, on fait une loi d'exception. Ce n'est pas la faute de ces enfants si certains territoires sont perdus pour la République, comme ils disent le samedi matin sur France Culture. Dans certaines banlieues, on ne vit pas comme les autres citoyens, on est toute sa vie un clandestin, un hors-la-loi.

Et à partir de là, l'islam s'est incrusté dans la tête des mômes. Après 2005, on ne cherchait plus l'égalité. L'UOIF[1], les Frères musulmans étaient partout et mieux organisés que les jeunes du Tabligh[2] qui frappaient à toutes les portes pour apprendre aux gosses à prier.

Mohamed buvait de l'alcool et ne faisait pas le ramadan. Il avait perdu toute influence sur les jeunes qui le regardaient de travers. En voyant débarquer sa fille, il s'est rappelé cette femme voilée, battue et insultée par son mari en djellaba devant le Franprix. Le barbu avait ensuite envoyé sa femme s'asseoir à l'arrière de la voiture, à la place des enfants. Mohamed sait reconnaître les femmes battues qui ont peur, elles baissent la tête de la même manière avec une crainte effroyable de la relever sans y être autorisées. Elles pleurent sans faire de bruit dans la cuisine. Le soir en dormant, il revoit sa mère, battue par son père, une habitude venue du bled, tous les jours, gratuitement, pour rien. Il repense souvent à cette fois-là, il a huit ans, sa mère est violée devant lui, à même le sol. Ça le bouffe. Il ne raconte rien à ses enfants,

1. Union des organisations islamiques de France.
2. Mouvement indien de prédication qui vise à réislamiser les musulmans.

il garde tout pour lui, il ne veut pas laisser ses démons en héritage. Au lieu de parler, il boit. Il a ses habitudes dans un PMU pas loin de la cité. Il boit beaucoup, et c'est sans doute pour ça que sa femme n'est plus là. Au moins, quand il rentre chez lui, il ne frappe personne, jusqu'au jour où il a giflé Amira, ce jour qui ressemble à tous ses cauchemars où il est son père.

Après avoir giflé sa fille, il a voulu s'en coller une, en finir une fois pour toutes. Il avait honte, tellement honte, qu'il a évité de la regarder, de lui parler, il ne voulait pas voir dans les yeux d'Amira le même regard qu'il portait sur son père lorsqu'il déconnait. Il a eu peur, aussi, de transmettre le goût de la violence, de la haine, de la colère, du ressentiment. C'est contagieux, cette merde. Voilà, il a eu peur du FIS[1] et des Frères muz[2] et il est devenu comme son père. On n'échappe pas à son histoire. Et puis Mohamed a fini par comprendre : derrière le Front islamique du salut, le terrorisme, l'alcool interdit, le halal partout, il n'avait pas vu, comme tous les pères, que sa fille était amoureuse pour la première fois.

---

1. Front islamique du salut. Parti intégriste musulman.
2. Frères musulmans, confrérie fondée au Caire en 1928.

Mounir

Amira a rencontré Mounir à Paris-VIII. Il tractait pour le boycott d'Israël, un keffieh autour du cou. Il était beau et convaincant, il parlait bien. Ils ont discuté autour d'un café de la décolonisation, des Indigènes de la République, de l'islam, de la discrimination, des émeutes de 2005, quand Mounir a compris que le racisme n'était pas uniquement dans la tête des Français mais dans les murs et les ghettos construits par l'État. Zied et Bouna, ces gamins étaient à peine plus jeunes que lui. Il s'est mis à prier, à militer. Heureux tout le temps. Il se rappelle avec un pincement au cœur ce moment où il est devenu musulman, pour de vrai.

Durant les émeutes de 2005, les flics avaient lancé une grenade lacrymogène dans la mosquée. Dans le quartier, ils ont tous disjoncté, faire ça un soir de ramadan, un soir de prières, au moment de tarawih[1]. Ce con de Sarko

1. Récitation de l'intégralité du Coran, le soir après la rupture du jeûne.

avait pointé du doigt les islamistes. Ils avaient déjà fait ça, réduire les grèves, les émeutes à l'islam, à l'Irak, à l'Iran. Les grèves de 1982, par exemple celles de Citroën, ils ont dit que les darons, là-bas, qui demandaient juste à être considérés comme les autres, étaient les agents de la révolution iranienne, des islamistes. « Tu sais pourquoi ? Parce que ces travailleurs quasiment illettrés ne parlaient pas français entre eux, mais arabe. Ils disaient des mots comme hamdoulah[1], inchallah, des mots courants quoi. Eh ben tu sais quoi, oui on est musulmans et on ne s'assimilera pas. On n'oubliera pas qui on est. Et moi je dis que Dieu a envoyé le flic qui a lancé la grenade lacrymogène un soir de ramadan. On se battait, on nous frappait, et là Dieu a mis la lumière sur la mosquée, il nous a rappelés : vous êtes musulmans, ne cherchez pas plus loin. »

Amira a écouté sans rien dire, cette histoire qu'elle ignorait, cette histoire que son père ne lui avait jamais racontée. Elle a compris, malgré son piercing et ses tatouages, qu'elle était arabe, musulmane. Elle n'a pas cru à la lumière de Dieu sur la mosquée, elle a cru à la lumière dans les yeux de Mounir : « C'est une guerre de religion. Mais c'est eux qui ont commencé, en gazant la mosquée et en tuant Saddam Hussein comme un

1. Merci mon Dieu.

mouton le jour de l'Aïd al-Adha[1]. En nous humiliant tout le temps, en faisant de l'homme arabe un voleur, un violeur, un sauvage. »

Mounir ne s'est pas toujours senti arabe, il est devenu arabe par les autres, en regardant la télé. Quand il était petit, on avait beau parler arabe à la maison, respecter le mois du ramadan, retourner en Algérie tous les deux ans avec la 504 familiale, la remorque, et la machine à laver sur le toit de la voiture pour l'une des tantes, il n'a jamais pensé qu'être arabe c'était une chance ou un signe du destin.

Et puis il y a eu le match France-Algérie, le 5 octobre 2001, le jour où Chirac a quitté la tribune après les sifflements de *La Marseillaise*, les drapeaux algériens, les gamins qui descendent sur la pelouse. Toute la France s'est mise à trembler, il fallait voir la tête des journalistes à la télé. Le foot, le drapeau algérien, tout ça, il s'en foutait. Des mecs qui chahutent sur un terrain, les insultes, les sifflets, les drapeaux, Mounir trouvait ça aussi ridicule qu'un combat de catch. Mais la réaction des médias, des politiques, l'avait mis en colère.

Pourtant, il y avait eu ses petits camarades de CP chantant « Zoub zoub zoub zoubida ». Il y avait eu Chirac, aviné, dénonçant le bruit et l'odeur et les moutons dans

1. Fête du sacrifice.

la baignoire. Mais il s'en foutait quand il était encore tout môme et innocent. L'Algérie de son père n'était pas la sienne, juste un endroit où l'on s'ennuie durant les grandes vacances. Lui qui détestait les retours au bled, sa tante Moufida, la folle, qui le forçait à mettre du henné à toutes les occasions. Il détestait l'Algérie ensanglantée de la décennie noire, celle qui faisait pleurer sa mère, qui la torturait en prières pour les siens restés là-bas.

Mais le match France-Algérie avait changé la donne. À partir de là, il a douté de lui, une profonde angoisse qui ne l'a pas lâché durant des semaines, des nuits blanches à tourner dans son lit et à retourner la question : qui suis-je ? La conclusion était irréfutable : je suis algérien, je ne suis plus français, je ne suis donc plus rien. Il s'est résigné à écouter les histoires de son père, celles qu'il racontait sur l'Algérie, ce pays qui était maintenant le sien. Il a compris qu'il était né pendant la première guerre du Golfe et que la seconde avait embrasé le monde arabe. Son arabité malheureuse était un terrain vague où s'accumulaient les déchets toxiques prêts à exploser à la moindre étincelle. Et les émeutes de 2005 sont arrivées comme un grand feu de joie. Les cités ont brûlé à sa place. Ça l'a sauvé. Il était enfin au bon endroit, avec tous les perdus comme lui, Momo qui ne trouvait pas de stage à cause de son casier, le petit Bilal qui ne savait pas quoi faire de ses journées, Idriss qui n'avait toujours pas de taf après ses deux masters et 150 entretiens. La révolte était spontanée, ni organisée, ni voulue, ni pensée. La Nuit du destin[1], tout est parti en couilles. Une grenade lacrymogène dans la mosquée. Il manquait plus que ça. Ils ont touché aux darons, à la religion. Le maire de Clichy-sous-Bois ne savait plus quoi faire, la guérilla tous les soirs au journal de 20 heures, le couvre-feu, les hélicoptères au-dessus de la cité, au-dessus du zoo, survolant la meute d'animaux en colère qu'on ne pouvait même plus approcher.

L'histoire de Mounir est devenue celle d'Amira. Ils ont milité ensemble, ils ont manifesté le samedi contre l'occupation israélienne. Elle s'est mise à porter le voile, à regarder les sites communautaires, à se croire vaguement salafiste comme tous les convertis. Elle a abandonné le droit pour la sociologie, les étudiants y étaient plus mélangés, plus engagés, portés comme elle par quelque chose de plus grand à défendre. Ils ont tenté de recoller ensemble les morceaux de leur identité cassée.

1. 27e jour du mois du ramadan, consacré à la prière, à la demande du pardon.

Yann

Yann regarde la une du *Parisien* : « Une enseignante de philosophie accusée d'apologie du terrorisme. » Aucun nom dans l'article, même pas celui du lycée. L'article explique seulement que c'est en « région parisienne ». Il ne peut pas s'empêcher de penser à Inès, au rendez-vous avec le proviseur qu'elle ne cessait de repousser, à leurs conversations empoisonnées sur les attentats, sur l'islam, à sa colère.

Inès et Yann se fréquentent depuis deux ans. Le mois dernier, il lui a proposé de s'installer ensemble. Inès n'a rien dit. Elle n'a même pas répondu, une proposition aussi absurde n'appelle aucune réponse. Inès n'aime pas quand le couple devient une chose sérieuse, elle ment beaucoup pour se protéger, pour faire son innocente. Yann ça l'énerve cette mauvaise foi, cette manière qu'ont certaines filles de jouer les victimes pour oublier qu'elles sont en train de déconner. Ils se sont rencontrés sur

Tinder, elle avait un profil marrant. Une photo de Berbère avec un flingue.

> « Inès. Vingt-cinq ans. Fille d'un polygame égyptien (sa nouvelle meuf pourrait être ma fille), enseignante de philosophie qui veut juste s'amuser. »

Quand il a rencontré Inès pour la première fois, Yann multipliait les relations sur Tinder. Une merveille, Tinder, le truc extraordinaire arrivé à cette génération de mecs trentenaires nés dans les années 1980 et qui, quand ils avaient un peu d'argent et d'indépendance et qu'ils habitaient à Paris, pouvaient enchaîner les rencontres, plusieurs filles la même semaine. C'était arrivé à Yann comme une bénédiction après des années de relations plus ou moins suivies avec des filles qui l'ennuyaient au bout de trois mois, le seuil fatidique à partir duquel il prenait ses distances. Et là, Tinder était arrivé avec ce nombre incalculable de filles disponibles, prêtes à coucher un soir comme on va voir un film au cinéma, des filles qu'il fallait accrocher par des photos sexy et des messages publicitaires, ce n'était pas vraiment sorcier quand on avait compris le truc. Il y avait eu un moment Tinder comme il y avait eu un moment Uber quand les chauffeurs gagnaient bien leur vie, qu'ils portaient une cravate et qu'ils donnaient l'impression aux clients d'être des ministres. Mais ce moment était passé, Yann commençait à se lasser. Il avait bien commencé quelques histoires ici et là, des histoires en pointillé avec plusieurs filles qu'ils fréquentaient en même temps. Il devait effacer ses messages sur l'application, effacer les SMS pour passer d'une fille à l'autre. C'était épuisant, ce vaudeville numérique, et Yann était sur le point de quitter l'appli quand il avait vu le profil d'Inès. Il s'était dit : pourquoi pas une fille de polygame égyptien ?

Il s'attendait à une personne un peu déjantée. Il était tombé sur Inès avec ses grosses joues de bébé et son look de fille de bonne famille, rien à voir avec le profil. Elle lui avait tout de suite plu. Au début, elle mentait sur tout, ses origines, son âge et sa famille. Elle s'était inventé une mère espagnole, un père diplomate. Il avait retrouvé une photo de classe au collège Paul-Éluard de Vénissieux sur le site Copains d'avant. Elle était habillée en jogging et son visage ingrat d'adolescente était rehaussé d'un long monosourcil. Ça l'avait fait rire qu'elle lui mente. Elle avait fini par avouer et maintenant ils s'inventaient des vies pour s'amuser. Yann y repense devant l'article du *Parisien*, les vies qu'Inès s'invente, un jour prof de philo, un autre terroriste. Il a envie de la voir. Il lui envoie un texto : « Viens dormir à l'appart. »

Marwan

Inès lit le message de Yann au fond de son lit. Elle aussi, elle a vu la une du *Parisien*. Elle n'ose plus sortir de chez elle, elle a peur. Elle repense au 7 janvier dernier, les attentats de *Charlie Hebdo*. Elle repense à la tête de Marwan, ce jour-là, il y a tout juste un an, c'était la dernière fois qu'on voyait Marwan au lycée.

Marwan n'aime pas les filles, il n'aime pas jouer avec les poupées de ses sœurs ou se déguiser en meuf, mais il veut que les femmes l'admirent. C'est le fils de sa mère, toujours dans ses jupes. Rachida le serre dans ses bras et demande à ouldi[1] tout l'amour qu'elle ne reçoit pas de son mari. Lorsque sa mère est morte, il s'est mis à grossir. C'est le choc, la mort de sa mère, disait la famille. Mais c'était autre chose en réalité. Sa mère disparue, il était désormais seul avec son père qui le méprisait, son père qui savait bien que son fils n'était pas comme les

1. Mon fils en arabe.

autres, que son fils ne désirait pas les femmes comme un homme. Marwan était seul maintenant, maudit par son père. Heureusement, il y avait les copines du quartier, Farida et Malika, qui s'étaient prises d'affection pour ce petit garçon grassouillet qui s'était révélé une vraie peste.

Toutes les filles passaient sous les radars de la bande à Marwan : « Tu as vu son gros cul », « Celle-là, je suis sûre qu'elle suce pour deux euros ». Marwan était devenu une vraie langue de pute, la terreur du quartier. Il avait obtenu le respect de tout le monde, même des petites frappes de la cité qui n'osaient pas s'attaquer à lui.

Il a eu de la chance, la cité de Courbevoie est proche de Paris. Il a fait ses affaires en prenant le RER, sans tomber dans les combines sordides de ses copines qui voyaient les gars dans la cave du bâtiment C. Tout le monde s'étonnait qu'il cherche un mec rebeu. Personne ne comprend qu'il y a plein d'homos chez les Rebeus, autant qu'ailleurs, ils sont juste plus difficiles à trouver. Pour Marwan, trouver un homo rebeu, c'est quand même compliqué, mais ses copines aussi galèrent pour trouver un Rebeu qui soit fidèle et fasse la prière. Lui, ça le fait rire qu'elles soient aussi bêtes.

Marwan est devenu prof de sciences techniques sanitaires et sociales après des années à travailler comme infirmier. Au début, c'était le boulot en or, un vrai salaire, discuter avec les filles à l'hôpital Bichat, dire du mal des autres. Marwan avait fondu, littéralement, entre ses séances de sport et le travail debout, toujours volontaire pour porter le matériel, un patient, un brancard. Ça l'avait pas mal aidé, ce corps tout neuf, pour draguer à Paris. Et il y avait eu les horaires variables, le travail de nuit, les patients entassés dans les couloirs, les nuits blanches même chez lui, ça l'avait rendu fou.

Alors il est devenu prof. Il fait cours aux filières ST2S, des classes de filles qui veulent devenir infirmières. Elles ont toutes peur de lui, de sa voix grave, de son corps puissant, de sa virilité intransigeante. Il le sait, il aime quand les femmes le regardent et le craignent. Quand il est devant un mec, il se comporte toujours comme un pédé, le regard de travers et le corps qui devient tout mou. Avec les meufs, il sent qu'il est puissant. Il est chez lui, dans son royaume.

« Merde, il y a un truc grave, ça passe sur BFM, une attaque dans un journal » : Marwan vient de secouer Inès qui s'endort dans son assiette. Au lycée, Marwan est tout le temps sur son iPhone, sur son fil d'actualités, à regarder les réponses de ses conquêtes Grindr. On est mercredi, il est 12 h 30. Marwan et Inès déjeunent toujours à la cantine le mercredi. C'est pas cher et ça leur permet de discuter. Marwan est un prof à l'ancienne, il veut être respecté comme un père par ses enfants. Il ne comprend pas que Marion, la prof d'art, dans la salle à côté, se fasse bordéliser par les gamins qui lui jettent des boules de papier dans le dos quand elle est au tableau. Dans sa classe, ça n'arrivera jamais. Les élèves tremblent devant son aplomb et ses muscles. Il tient ça de Malika et Farida, cette capacité extraordinaire à s'imposer aux autres et à les mépriser.

« Putain, ça craint, c'est la merde, j'y crois pas, des tirs d'armes à feu, au siège de *Charlie Hebdo*, un type avec une kalach. » Le portable de Marwan vibre, une alerte de l'appli de rencontre. Il n'a pas la tête à ça. D'habitude il commente les torses nus, les bouts de chair. Il demande souvent l'avis d'Inès, sans aucune gêne, il balance tout entre le plat et le dessert : pourquoi il préfère être actif, qu'il aime bien les petits culs, qu'il se taperait bien un hétéro. Rien ne l'arrête. Là, ça ne l'intéresse plus. Il est scotché à l'info continue, sous perfusion. Le lycée est vide, tout le monde est rentré chez soi, bien sagement, après les cours du mercredi matin. Il ne reste plus qu'Inès et Marwan qui ne veulent plus sortir, on ne sait pas où sont les terroristes, faut pas bouger. Ils appellent des amis et allument la télé dans une salle de classe. Les mêmes informations tournent en boucle, Marwan et Inès sont hypnotisés. C'est la guerre.

Une autre alerte Grindr. Cette fois Marwan ouvre l'appli pour se changer les idées. Il répond à Grocalibre qui lui demande s'il est inquiet : « Même pas peur, toujours envie de bander », Inès se marre. Il est 15 heures, ils ne veulent toujours pas partir. Marwan cogite : « Tu crois qu'ils vont vouloir tuer les pédés ? Mon père me répétait, quand j'étais petit, les homos on doit les faire sauter de la montagne la plus haute, c'est écrit dans le Coran. Ils vont vouloir nous tuer. »

À dix ans, il a dit à son père : « Moi, je me marierai avec un homme », c'est ce qu'avait fait sa mère après tout. Après ça, il se souvient qu'on l'a poussé au sol et qu'on s'est déchaîné contre lui, des coups de pied, des crachats, du sang, des insultes en arabe. Marwan a compris ce que voulait dire hatai, un mot tabou qu'on prononce pour exorciser l'homosexualité. Un pédé, juste le fils de sa mère, pour toujours un pédé sans père. Un homme avec un corps qui dit pardon. Pour faire plaisir à sa famille, il s'est même fiancé à une fille gentille, une fille bien, bonne réputation. Ils sont restés fiancés trois ans. Jamais il n'a eu un geste déplacé avec elle avant le mariage. Elle a compris. Elle est partie.

« Les assaillants sont en fuite, ils sont à Gennevilliers. » Marwan panique : « Gennevilliers en plus, il manquait plus que ça, ils sont dans mon quartier maintenant. » Il parle moins fort, comme si les terroristes étaient là, tout autour. Marwan et Inès se mettent à chuchoter, il n'y a personne autour d'eux pour leur dire qu'ils ne risquent rien. Il faut partir maintenant, la concierge ferme le lycée. Il est 17 heures.

Être Charlie

Le lendemain du 7 janvier, la salle des profs est en ébullition. Les enseignants ont reçu des instructions du ministère, il faut parler, condamner, expliquer. Mais personne ne sait comment rassurer les élèves. Certains n'ont pas voulu aborder le sujet, les gamins n'ont rien demandé, certains ont parlé et se sont trouvés piégés par les mots. Il y avait chaque fois « eux et nous », les terroristes et « nous », les élèves et « nous ». Et puis il y avait les élèves qui critiquaient aussi les journalistes et dont on ne savait pas quoi faire, les mêmes élèves qui avaient protesté contre la minute du silence.

— Ceux qui critiquent *Charlie Hebdo*, il faut les laisser, c'est culturel. Il n'y a pas de place pour l'humour dans ces pays-là. Ils ne peuvent pas faire la minute de silence, ils auraient l'impression de se renier.

— Il y a beaucoup de voilées dans le lycée, et elles restent en abaya. Il faut les signaler elles aussi, on a trop laissé passer.

— Et les jupes longues ? On en fait quoi ? Comment on sait si c'est laïc ? On regarde tous les jours la marque de vêtements des gosses ? On s'en sortira pas.

— Le problème de l'islam, c'est que les musulmans ne savent pas rire. Pour nous le rire, c'est une valeur.

— Et le Jamel Comedy Club c'est quoi, connasse ? avait marmonné Inès.

— Pourquoi on demanderait à des gosses pauvres qu'on traite comme des étrangers d'être Charlie ?

Personne n'avait su quoi répondre.

Durant les assemblées syndicales, Inès prend souvent la parole. Malgré ses allures d'adolescente psychorigide à lunettes, elle parle bien, elle expose clairement les rapports de force avec le rectorat, elle a le mot juste et elle arrive à convaincre ses collègues. On ne la soupçonne pas de mener une carrière syndicale, de tout réduire à des considérations idéologiques. Le mois dernier, elle a convaincu les profs de monter dans le bureau du proviseur pour réclamer deux assistants d'éducation supplémentaires.

Mais là Inès ne sait pas quoi dire. Elle regarde ses pieds avec une concentration infinie. Elle réfléchit, elle cherche. Quelques profs l'observent du coin de l'œil. Qu'est-ce qu'ils attendent ? Une leçon de philosophie, une profession de foi universaliste ? Ou bien qu'elle parle au nom des musulmans, elle, la fille d'ouvrier marocain qui n'a jamais mis les pieds dans une mosquée ?

Inès cherche ses mots. Si on lui demande de répondre à un désir, à une attente bien particulière, elle sait le faire, c'était même son métier dans la pub. Elle pourrait dire qu'elle est Charlie parce qu'elle n'a même pas les mots pour condamner la violence et la bêtise de ces petites frappes incultes qui se prennent pour des héros de la foi. Puis elle s'est souvenue de certaines caricatures du prophète nu avec une étoile dans le fion et ça l'avait vraiment dégoûtée, comme les têtes d'Arabes sur ces dessins, le regard cruel et vicieux, les pires clichés des caricatures coloniales, de la chasse aux fellaghas dans les montagnes d'Algérie et d'ailleurs. Au fond, qu'est-ce que ça veut dire « Je suis Charlie », ce slogan qui s'était répandu en quelques heures sur les réseaux sociaux, qu'est-ce que ça veut dire, vraiment ? Elle n'arrive pas à trouver la réponse, elle baisse la tête et c'est Marion qui prend la parole.

Marion et Chaima

Marion a un visage poupon, des yeux verts et un teint clair hérité de sa mère. Elle a reçu une bonne éducation, un goût pour l'art hérité de longues visites au musée où elle traînait les pieds, des sorties au théâtre, une manière de se tenir à table, le goût des bonnes choses. Elle a grandi dans le Xe arrondissement de Paris. Enseigner en banlieue, ça lui faisait peur au début, peur de la violence et de la misère.

Quand elle a reçu son affectation, il y a deux ans, elle a tout de suite pensé à écrire au ministre pour demander un recours. Comment pourrait-elle quitter Paris ? Elle n'avait jamais entendu le nom de la ville du 91 où elle était affectée. Elle n'avait jamais pris le RER D. D'ailleurs, elle ne connaissait même pas le RER D. Une vie à Paris sans le RER D, c'est possible. C'est même une vie typiquement parisienne, une vie de métro. Elle était consternée d'être un simple rouage de la machine administrative. Mais le proviseur Chastelain a été très clair avec elle : un fonctionnaire, ça fonctionne.

Marion s'est vite adaptée à son nouveau poste. Elle aime ses élèves, ses « loulous », comme elle les appelle, elle les aime tous. Elle aime surtout les plus fragiles, ceux qui n'ont pas eu sa chance, ceux qu'elle emmène à Paris aux expositions, au théâtre, et dont elle guette l'émotion, parfois, devant un tableau, une œuvre d'art, la beauté d'une mise en scène. Quand elle en parle, elle a les larmes aux yeux. Elle est souvent trop indulgente, elle leur pardonne facilement, refuse l'autoritarisme, elle les prend « comme ils sont ».

Mais ce matin, elle n'a pas pu. Marion ne les supporte plus. Cet amour inconditionnel, c'est fini. Marion est à bout, ils refusent de parler des attentats, de faire la minute de silence. Elle s'est énervée, elle a failli pleurer devant une classe indifférente, moqueuse, monstrueuse. Une envie violente de les laisser dans leur merde. Elle a pensé longtemps qu'ils avaient une conscience, un esprit, une âme, justement parce qu'ils avaient souffert. On ne peut pas être exclu et ne pas aimer les autres. Simplement ce matin, elle n'y croit plus, ce ne sera plus jamais pareil. Ils ont basculé de l'autre côté. Ce sont des sauvages. Malheureusement toutes les cultures n'ont pas un rapport égal à l'universel. Marion n'est pas comme eux, elle aime tous les hommes.

Marion parle devant ses collègues, tout le monde l'écoute. On a de la peine pour elle. Elle aurait dû écouter son père qui lui disait de quitter ce lycée le jour où Chaima l'a traitée de « connasse ». L'enseignante est débordée par ses émotions. Pour ses collègues, c'est la prof qui pleure trop, pour un rien, qui ne sait pas gérer ses classes. Il paraît qu'elle laisse ses élèves se lisser les cheveux en cours. Depuis ce matin, elle est révoltée contre ses « loulous », elle a le vertige devant la laideur du monde, des hommes, des enfants. Elle raconte.

Au début du cours, elle a cherché en vain l'émotion, la tristesse, l'indignation sur le visage des élèves. Ils sont entrés en faisant du bruit, en criant, en souriant, comme d'habitude. Chaima est arrivée en retard, sans frapper à la porte comme toujours, comme tous les jours. D'habitude, Marion ne dit rien, elle relève à peine, elle dit bonjour en souriant. Mais ce n'est pas un jour comme les autres, aujourd'hui on n'a pas le droit d'être léger, de rire pour rien, on doit se contrôler. Marion a repris Chaima.

Chaima n'a pas le droit d'être Chaima, une fille sans manières qui se croit partout chez elle. Elle s'est énervée avant de s'asseoir, les bras croisés. Le silence s'est installé dans la classe. Les élèves ont senti que Marion allait sans doute leur annoncer quelque chose de grave, elle va peut-être rendre leurs devoirs ou peut-être qu'elle en a marre d'eux et qu'elle s'en va. Les profs partent tous, à un moment ils ont assez de points pour être dans un bon lycée et se rapprocher de Paris. Personne ne veut rester avec eux, ils n'ont droit qu'aux remplaçants.

« Aujourd'hui, on va parler de *Charlie Hebdo* », a annoncé Marion. Certains ont enchaîné : « Oh, mais madame on s'en fout », « Ils avaient pas à caricaturer le prophète ». Les élèves ont tous dit ça. Personne n'écoutait Marion. Elle répétait mécaniquement : « Écoutez-moi, c'est important. » Une boule d'angoisse au ventre, en sueur, la voix tremblante, elle leur a raconté les journalistes, leur histoire, elle a montré les dessins, mais pas les caricatures qui dégoûtent les élèves. Ils ont fini par se taire. Elle s'est souvenue de son père qui la prenait sur ses genoux et lui montrait les dessins de *Charlie Hebdo*, pas les dessins cochons mais les dessins drôles, comme ceux de Cabu. Elle se souvient de son rire, de sa chaleur et de son odeur rassurante, toutes ces choses que les Kouachi ont endeuillées : le rire et le droit de rire, l'esprit de dérision, le droit de se moquer des puissants.

Les élèves ne connaissent pas *Charlie Hebdo*, ils connaissent juste l'histoire des caricatures. Kylian au premier rang : « Tuer, c'est chaud, ça se fait pas, madame, c'est des meurtriers. » Il continue : « Mais il fallait pas caricaturer le prophète, ça non plus ça se fait pas. » Marion : « L'humour est un droit. » Un élève répond :

« Et si l'humour est un droit, pourquoi ils ont interdit le spectacle de Dieudonné alors ! »

Les élèves ont regardé Marion s'effondrer. Ça leur a fait mal parce qu'ils l'aiment bien cette prof, elle est sympa d'habitude. Les élèves aiment Marion, absolument, nécessairement, égoïstement, comme des enfants.

Le silence s'installe. Il n'y a plus rien à dire. Au fond de la classe, Chaima s'est réveillée, elle est debout maintenant. Elle va dire quelque chose de très important, il faut que tout le monde l'écoute, « Même vous, madame ». Elle nie tout : les preuves, les morts, les noms des tueurs, le mobile du meurtre, le terrorisme, les Kouachi qui tuent, les balles qui transpercent les têtes, les corps qui s'effondrent et qui agonisent, les Kouachi qui courent, qui crient Allahou akbar, qui tuent un policier, Ahmed Merabet, les Kouachi qui fuient et qui meurent, « tout ça, ça n'a pas eu lieu, c'est un coup monté, c'est pas des musulmans qui ont fait ça ». Toute la classe est sidérée. Et Chaima, qui a bien senti qu'elle venait de marquer un point, ajoute, sans percevoir la contradiction : « De toute façon, il fallait pas caricaturer le prophète. »

Hier, elle regardait une vidéo make-up de Kim Kardashian quand elle a reçu une notification sur son portable « Attaque à *Charlie Hebdo* », elle a eu le seum[1] que la

1. Colère en dialecte maghrébin.

vidéo s'arrête. Elle galère déjà assez avec son contouring. Une fusillade à *Charlie Hebdo*. Une tuerie, des morts, des tirs à la kalach, et ils ont crié Allahou akbar. C'est le journal de ceux qui ont fait les caricatures sur le prophète. Chaima n'a pas fait le lien tout de suite. Des tirs à la kalach, elle en a même déjà entendu. Un règlement de comptes dans sa cité. Un mec qui l'a fait à l'envers à un autre plus calibré. Un tir à la kalach, ça n'arrive pas tous les jours, mais c'est pas si horrible en fait.

Ils ont tiré sur les mecs qui ont caricaturé le prophète : c'est ça qui est grave. Le prophète, on ne le caricature pas, on ne lui met pas des trucs dans le cul ou je sais pas quoi. Dans son quartier, quand Chaima rentre chez elle, on parle pas de *Charlie Hebdo*, de ceux qui sont morts, on parle des caricatures. Depuis 2005, les caricatures c'est *Charlie*, ceux qui disent que « les musulmans sont des cons ». Réda, un grand de la cité, lui a expliqué le coup monté.

— Un coup des Juifs, des francs-maçons.

— C'est quoi un franc-maçon ?

— Un peu comme les Illuminati, une société secrète qui fait des complots, qui a l'argent et qui commande le monde. Tu vois Obama, Sarko et tout ça : des pantins qui obéissent aux Rothschild.

L'idée plaît bien à Chaima. Ça fait mystique. Elle a l'impression d'avoir tout compris, l'histoire du monde, le passé, le présent et le futur, pourquoi sa mère est tout le temps triste, pourquoi l'ascenseur de sa barre HLM ne fonctionne pas et pourquoi son père est parti : les Feujs nous mettent tous dans la merde.

— Mais les Kouachi, ils sont francs-maçons alors ?

Réda reprend :

— Ils ont été payés, ce sont des acteurs, ils étaient même pas là.

Tout devient clair. Les frères Kouachi ne sont pas morts, ils s'appellent même pas Kouachi en fait.

— Tu savais que Merah était avec les services secrets ? Un complot, je te dis.

Chaima n'est pas une racaille, pas même une idiote. Elle n'est pas radicalisée, juste complètement fanatique des tutos maquillage dont elle décroche péniblement le regard. Elle prend soin d'elle et, quand elle fait un effort, elle s'exprime bien. C'est une fille curieuse et vive, mais aujourd'hui Chaima sait que tout le monde ment. Ce n'est pas vrai, il y a des vidéos qui le prouvent. Personne pourra dire le contraire.

Marion ne comprend rien, une poule devant un couteau. On parle quand même de Cabu, du type inoffensif avec sa coupe de soixante-huitard du Club Dorothée. Ils sont complètement dingues ces mômes, ils viennent de quelle planète ?

Marion ne croit pas en Dieu, Marion ne sait plus quoi dire. C'est de la folie, plus rien n'est réel. Elle tient à peine debout, elle a mal au ventre. Chaima lève la tête, droite comme la vérité. Marion aimerait disparaître. Ces élèves sont perdus, ils n'en valent plus la peine. Marion n'arrive plus à parler.

Chaima en sortant de classe se demande à qui elle pourra dire qu'elle a un bébé dans le ventre. Réda n'en veut pas. Chaima a quinze ans.

Marcher avec les pieds

Inès voudrait entendre Mathilde au téléphone. Elle lui envoie des textos auxquels Mathilde répond sommairement : « Ça va et toi ? » Mais elle ne décroche pas. Mathilde lui manque, elle a besoin d'elle. Dix ans sans se quitter. Elles se sont rencontrées le 22 avril 2002. Inès revoit encore la tête du vieux Le Pen à la télévision, le soir du premier tour. Dans son bâtiment à Vénissieux, on entendait des cris, « les Français sont tous des racistes », certains disaient qu'ils allaient partir, les valises étaient prêtes. Au lycée, Mathilde avait organisé la résistance. Elle avait contacté la presse régionale. France 3 avait débarqué, au grand dam du proviseur. Mathilde s'en foutait royalement, en tête du cortège, elle criait des slogans au mégaphone. Pour une fois, Inès avait rejoint les filles et les garçons de sa classe, parce qu'il était bien question d'elle, de son quartier, de sa famille.

Le jour de la manifestation, Mathilde lui avait mis le grappin dessus et l'avait placée à côté d'elle, à côté des banderoles. Elle s'était peut-être dit qu'une Arabe, ça ferait une belle affiche pour le journal télévisé. Enfin, ce n'était pas grave. Mathilde lui avait tout de suite plu. Cette fille déchaînée allait lui apprendre à ne plus se laisser faire, à devenir une grande gueule. Le jour même, Mathilde l'avait obligée à prendre le mégaphone pour hurler les slogans lycéens.

Elles s'étaient retrouvées l'année suivante dans le même internat à Lyon. Inès mettait de l'ordre dans les révisions de Mathilde et Mathilde du désordre dans la vie d'Inès. Parfois elles échappaient à la vigilance des surveillants pour traîner dans les bars crasseux de la Guillotière, à commander des cafés serrés en fumant des clopes avec les chibanis. Avec Mathilde, Inès apprenait enfin à vivre sans avoir peur du regard des autres. Elles ont manifesté ensemble contre le CPE, elles ont milité ensemble pour les sans-papiers. Elles s'étaient rapprochées d'une association chibani pour traduire les papiers des vieux Algériens qui ne parlaient pas français. Mathilde avait appris quelques mots d'arabe qu'elle prononçait n'importe comment et qui faisaient rire les petits vieux, les vieux dos cassés, comme elles les appelaient. Mathilde allait réclamer pour eux à la CAF quand on menaçait de suspendre leur pension. Elle menaçait les marchands de sommeil qui louaient à prix d'or des logements dégueulasses.

Tout a changé avec la mort de Monsieur Driss, le petit vieux qu'elles avaient aidé pour la pension de retraite, avec qui elles buvaient le café, le soir, à l'association. Mathilde a revécu la mort de son père, le torse froid de Francis sous ses mains d'enfant, son père qui ne se réveille plus. Un déclic. Elle a sombré dans une lente dépression. Elle ne se levait plus, elle avait perdu sa voix, sa folie. Son visage s'était affadi et ses jolies taches de rousseur étaient devenues comme le reste de sa peau, grises à force de fumer et d'engloutir des médicaments. Mathilde n'était plus Mathilde. Elle a fini mollement ses études, aspirée dans le vide d'une existence sans surprises, à nettoyer son appartement comme un sou neuf, à éprouver l'ennui des longues balades dans les centres commerciaux pour y sentir les odeurs artificielles de pains au chocolat. Attendre, ne rien espérer. Essayer tous les jours d'arrêter de fumer. Des jours qui se répètent. Encéphalogramme plat.

Quand elle a accouché de l'enfant dont elle ne voulait pas, Mathilde a découvert qu'il y avait quelque chose au bout du tunnel. Elle a réfléchi, elle a acheté des magazines pour être belle. Bien manger. Savoir gérer ses angoisses. Apprendre à dire non. S'accepter comme on est. L'associatif, le Secours populaire, les cours d'alphabétisation, l'aide aux sans-papiers, tendre la main, donner de son temps, être là pour les autres, ça n'avait servi à rien en fin de compte. Elle voulait s'arracher à elle-même.

Elle a trouvé la kabbale, elle a enroulé le bracelet rouge au poignet et s'est décorée de spiritualité. Mais personne ne lui disait comment faire pour combler tout ce vide.

Dans une boulangerie casher un vendredi après-midi, le sourire gracieux de la vendeuse, la musique d'un mot : « Shabbat shalom. » Une révélation qui a enserré son cœur.

Mathilde a rencontré Sasha dans un cours d'hébreu où d'autres préparaient leur alyah, le retour en Israël. Après l'attentat de Mohammed Merah, ils sont de plus en plus nombreux à partir. Ils le savent, des Merah, il y en a partout maintenant. Daniel, le vieux monsieur charmant qui a accueilli Mathilde et Sasha la première fois, raconte que son petit-fils de sept ans s'est fait arracher la kippa par deux Arabes en face du métro. Personne n'a réagi. Les yeux de Daniel sont ailleurs, le pincement de ses lèvres masque à peine les humiliations passées et contenues. Il pense à sa mère, à sa peur, à ce qu'elle lui disait avant de partir à l'école : « Ne dis pas que tu es juif », « Fais comme tout le monde », « Marche vite en sortant de l'école ». Ses amis pensaient qu'il exagérait, cela n'a rien à voir, le passé ne se répète pas. Pourtant, depuis deux jours, il le sait, ceux qui ont arraché la kippa de son petit-fils hier lui trancheront la tête demain. Il veut aller en Israël, ne plus retenir ses larmes chaque fois qu'il pense à ses enfants.

Au centre communautaire juif, tout le monde a peur. Une peur vieille de tous les désarrois, quitter l'Algérie, Ilan Halimi, l'école Ozar Hatorah, les manifs pro-Gaza, les tombes profanées. Mort aux Juifs. L'éternel rengaine. Pour plaisanter, Daniel raconte qu'avec sa femme, ils sont prêts à devenir de vrais Français en Israël : poupée botoxée et dragueurs sans-gêne.

Vivre sa foi avec Sasha, après des années à le regarder dans le blanc des yeux, ça donne un sens aux journées de Mathilde. Quand ils ont eu leur deuxième enfant, ils ont emménagé dans le XIXe à Ourcq, le quartier des Loubavitch. Dans leur petit appartement, elle s'est entraînée à cuisiner et à vivre comme les autres ou plutôt comme la mère de Sasha, Eliana, qui vit quasiment avec eux, lui apprend l'hébreu et lui explique comment un Juif élève sa famille, comment un Juif mange, comment il se repose, comment il se lève. Avec Eliana, sa présence autoritaire et sa chaleur toute ronde, Mathilde découvre tous les jours le sens de la vie.

En 2013, Inès et Mathilde se voyaient pour la dernière fois. Mathilde l'avait invitée au restaurant casher pour lui présenter son mari. À l'annonce de leur départ en Israël, Inès a cru s'étouffer avec le houmous trop salé. Mathilde avait abandonné ses jeans troués, son maquillage un peu farfelu pour une jupe longue, une perruque, le brun ne lui allait pas, comme si l'unique vocation de cette conversion – le véritable judaïsme, pas celui de ses grands-parents – était de la faire disparaître tout entière. Ce soir-là Mathilde était laide, elle avait rétréci. Le judaïsme orthodoxe avait avalé toute sa féminité, toute sa folie.

Comment avait-elle pu se faire peur, elle qui n'avait peur de rien ni de personne, qui crachait sur les drapeaux et toutes les religions ? Elle qui était juive par accident, par son père, ça ne comptait pas. Il lui faudra sept ans pour devenir une Juive accomplie, une Juive comme il faut. Et maintenant, elle partait pour Israël.

En arrivant là-bas, Sasha et Mathilde ont ressenti le même souffle. Pour la première fois, ils marchent avec leurs pieds et plus avec leur tête. Ils ne piétinent plus, ils paradent sur leur terre, ils ont l'impression de voler. Des chants hébreux à la gloire d'Israël les accueillent. Un monde danse autour d'eux. Ils ont la poitrine serrée. Ils marchent sur la Lune. À l'aéroport Ben-Gourion, d'autres nouveaux arrivants, les olim, étaient à leur côté, en extase.

On les accompagne, on leur souhaite la bienvenue. Ils reçoivent tout de suite la nationalité israélienne. Une révolution intérieure, un désordre mystique. Ils ont droit à dix mille euros les six premiers mois, et à des cours d'hébreu gratuits. Ensuite ils se débrouilleront.

La première chose que Sasha a faite en arrivant : se promener seul à Netanya avec sa kippa sans se demander où aller, si c'était mieux de rester dans son quartier ou pas. Il la porte sans y penser, sans gêne, il ne la sent même plus.

Quand on a détruit l'épicerie de son oncle à Sarcelles, en 2012, pendant une manifestation de soutien à la Palestine, il a voulu partir tout de suite, tout plaquer. Pour une fois, il a écouté sa mère, il a mis de l'argent de côté. Il est retourné à la synagogue. On leur a dit d'être discrets, de se cacher, de ne pas porter la kippa. Sasha ne voulait pas baisser la tête et l'enlever. Comme un homme. Il a pris contact avec l'Agence juive de France qui était débordée par les demandes d'alyah.

Au début, il se sentait proche de la droite israélienne. Pour le Likoud[1], Israël est le refuge de tous les Juifs. Le seul endroit où ils ne sont pas détestés. La terre des Juifs compte plus que leur sécurité. La gauche ne pourra jamais les comprendre. Aimer Dieu comme s'il était à n'importe qui, à tout le monde, à personne, c'est un truc d'Ashkénazes, les Juifs de l'Est qui ont toujours pris de haut les Juifs plus petits, plus arabes, plus pauvres et moins éduqués : les Séfarades.

Avec Mathilde et leurs enfants, ils habitent un trente mètres carrés à Netanya. Ils ne sont plus des Juifs en

1. Parti nationaliste israélien.

France, ils s'installent dans de nouvelles catégories toutes prêtes : les religieux, les laïcs, les Français, les Russes, les Séfarades, les Ashkénazes. Ceux qui viennent du froid, comme Sasha et Mathilde, veulent deux choses, la mer et la synagogue.

Sasha Salma est né et a vécu son adolescence au Maroc, il est donc un mizrahi, un Séfarade du Maghreb. En Israël, les Séfarades ont construit les murs, les routes, les écoles qu'ils n'avaient même pas le droit de fréquenter. Un Séfarade vaudra toujours moins qu'un Ashkénaze polonais.

À Netanya, les yeux embués, la gorge serrée, Mathilde et Sasha contemplent le dôme de la synagogue et les lumières de la ville. Il n'y a rien de plus beau. La nuit dégage une odeur de pollution. Le dimanche, c'est la vie après shabbat. Ils boivent du vin et mangent du fromage casher. Mais ils ont envie de rentrer. Depuis quelque temps, le couple pense à la France comme des enfants abandonnés.

Leur propriétaire les menace d'expulsion. Ici la vie est chère, tout se négocie et se renégocie constamment. Les assurances, le loyer, la vie de tous les jours. Sarah, la sœur de Mathilde, vient leur rendre visite. Ils ont tout tenté pour lui faire aimer Netanya. Ils sont allés à la boulangerie française pour lui faire goûter les bons croissants, comme en France, ils l'ont emmenée à la plage et ont visité Jérusalem. Mais Sarah n'a pas été touchée par la sainteté des lieux. Elle trouve même que les Israéliens sont malpolis. Mathilde lui a expliqué qu'il fallait avoir de la chutzpah, de l'audace, pour ne pas se faire avoir et arrêter de minauder à la française. Ici, on va droit au but.

Avant de partir, Sarah a sorti une blague en regardant le prix des croissants : la terre promise n'est pas donnée. Justement, voilà le problème. En arrivant ici Sasha et Mathilde ont pensé qu'ils étaient les bienvenus sur leur terre, qu'ils seraient les bienvenus quoi qu'ils fassent. En réalité, ils sont arrivés trop tard, trop vieux pour perdre leurs habitudes, trop jeunes pour chercher uniquement une terre où mourir et être enterrés. Ils sont de mauvais olim.

Après la visite de Sarah, le couple déchante. Ce pays est trop dur. L'État n'aide pas ses habitants, il leur demande d'avoir peur et de travailler soixante-dix heures par semaine. Heureusement, Sasha a mis de l'argent de côté, mais s'ils restent et qu'ils ne travaillent pas assez, ils n'auront bientôt plus rien. L'argent part à une vitesse folle, et les trois emplois de Mathilde pour gagner huit cents euros par mois, quand tout va bien, ne leur permettront jamais d'élever leurs enfants.

Les Français se sont regroupés et ne se mélangent pas. Israël est un ensemble de communautés additionnées, un faux melting-pot où chacun reste chez soi. Mathilde a gardé son nom de famille pour travailler. Une Horowitz c'est mieux, mille fois mieux qu'un Salma, un Marocain à gourmettes bruyant et primitif.

Toutes les communautés se couvrent d'étiquettes. Sasha ne trouvera jamais un travail à la hauteur de ses diplômes, il est trop arabe pour ça. Les gens comme lui, on les appelle les Tsars Fokaim, les Français Marocains, ils valent à peine mieux que les Éthiopiens, qui, comme eux, abandonnent facilement l'armée. Les Israéliens aiment l'alyah, mais pas les immigrés. En réalité, entre eux et ses voisins érythréens, marocains, et son médecin russe, il n'y a rien de commun sinon un drapeau que chacun brandit pour ne pas se demander ce qu'ils foutent ici.

En Israël, ils espéraient trouver un lieu de paix, un endroit où ils ne redouteraient plus de dire ce qu'ils sont : une nation. Ils sont juifs et ils ont pleinement le droit de l'être. Mais tout les dérange ici. Ils ont l'impression de gêner en refusant de se laisser enfermer dans ces petites cases identitaires. Les Anglais, avant de partir et de tout laisser en bordel, ont mis des religions dans des cases, des cases sur des territoires et des frontières que personne ne traverse par peur de perdre la seule chose qui leur reste et qui les perdra de toute façon : être juif, musulman ou chrétien.

Le 13 novembre, malgré l'interdiction du shabbat, le couple a regardé la télévision en pensant à leur vraie vie en France. Ils ont envoyé des textos toute la nuit. Ils n'ont pas dormi. La France est devenue juive d'un coup de kalachnikov. Ils ont regardé les noms et s'attendaient comme tout le monde à les reconnaître. En France maintenant, tout le monde vit comme un Juif. On ne minimise pas, on ne dira pas : « Vous avez peur pour rien. » Ils ont honte de rentrer, de vouloir rentrer. Et que diront-ils à leurs amis qui idéalisent Israël ?

Sasha et Mathilde savent exactement pourquoi ils sont partis en Israël. Une peur irrésistible d'être juif en France. Aujourd'hui, ils sont mélancoliques. Ils ne comprennent même plus pourquoi ils restent.

Hier, Jonathan, le fils de la voisine, celui qui est à l'armée, a expliqué à la petite Hannah pourquoi il fallait combattre les Arabes, les tuer comme des cafards et les chasser d'Israël. Heureusement, Hannah ne comprend pas l'hébreu. Il paraît que Jonathan a vomi pendant un mois et qu'il a failli être réformé parce qu'il se dégonflait. Pas capable de faire du mal à une mouche, ni même à un cafard.

Quand Inès a tenté de la joindre ce matin, Mathilde n'a pas répondu. Elle en a marre de se justifier.

Les damnés de la terre

Inès vient de recevoir un courrier officiel du rectorat, elle est suspendue quatre mois. Elle reviendra seulement en mai, après les vacances de Pâques, le temps de l'enquête. Ahmed, son avocat, lui conseille de ne pas dramatiser, c'est courant dans ce genre d'affaires, l'accusation est trop grave. Mais il a une bonne nouvelle : il a demandé une confrontation avec son accusatrice. Elle prétend qu'Inès a refusé de faire cours sur la religion, qu'elle a parlé des terroristes en termes élogieux, ce qu'aucun élève ne confirme. L'avocat est confiant, l'accusation est bidon. Il n'y a aucun élément solide.

Inès n'est pas retournée au lycée depuis trois semaines. Les premiers jours, elle avait du mal à gérer sa solitude, elle a même pensé revenir chez sa tante Zohra à Vénissieux. Aujourd'hui, grâce à Amira et au soutien d'Ahmed, elle a l'impression de tenir sur ses jambes. Elle sent, pour la première fois de sa vie, qu'elle appartient à une histoire, une histoire qu'elle n'a plus besoin de fuir.

Ce matin, Inès n'a pas lu, elle a avalé, ingurgité, et même transpiré : James Baldwin, Frantz Fanon, Jean-Paul Sartre et Jean Genet. Des citations tournent en boucle dans son cerveau. Sartre : « Vous faites de nous des monstres, votre humanisme nous prétend universels et vos pratiques racistes nous particularisent. » Inès a tout compris : Amira et les autres, les anciens colonisés font partie d'une seule communauté, celle des dominés, des perdus, des perdants. Les damnés de la terre. Armée de cette évidence, Inès a traversé le XIe arrondissement à pied, elle est entrée dans une mosquée en suivant quelques femmes voilées. Il pleuvait, il y avait du monde comme un jour de marché. On était vendredi, des femmes voilées autour d'elle se saluaient d'un salam aleykoum en souriant, elles semblaient toutes se connaître. Amira lui a déjà proposé de venir à la mosquée mais Inès a refusé poliment. Aujourd'hui, elle en a terriblement envie. Aujourd'hui, revenir à l'islam, c'est résister.

En sortant de la mosquée, Inès se demande ce qu'elle est venue faire ici. Au début, elle imaginait un accueil chaleureux, une expérience mystique, mais personne ne lui a adressé la parole. Elle a enlevé ses chaussures, elle a fait ses ablutions, elle s'est couverte d'un voile, puis l'imam est arrivé : un homme d'une cinquantaine d'années, peau noire et barbe rousse. Il a commencé par réciter le Coran, le cœur d'Inès a tremblé, la voix du cheikh l'a caressée du sommet de son crâne à la pointe de ses pieds. Les prières et les prosternations ont duré une demi-heure suivie d'un long prêche sur l'importance du mariage et les dangers de la fornication. Chez les femmes, on se regardait gênées. D'où elle était, Inès entendait à peine la conclusion du prêche dédié à la zakat[1] à cause des gamins qui jouaient et des femmes qui plaisantaient sur la barbe rouge de l'imam enduite de henné.

Inès est partie avant la fin, ça sentait les pieds.

1. Aumône au pauvre.

Rafael

Le lendemain, Inès chantonne dans la salle de bains. Rafael ! Inès joue avec ce prénom sur ses lèvres comme si elle l'avalait. Ils vont se revoir – enfin. Inès aime son ton impérial, sa voix grave, ses mains épaisses. Elle ne l'aime pas, lui, mais tout ce qu'il pourrait être. Elle voudrait qu'il lui donne des ordres ; qu'il lui dise au téléphone : « Je veux te voir maintenant. » Mais Rafael joue le rôle de la maîtresse cachée. C'est elle qui lui disait quand il pouvait venir, à force elle s'est lassée de sa passivité, de ses demandes de pardon, pourquoi il ne cherchait pas à se faire respecter ?

Inès porte une robe fleurie, celle qui lui fait une belle taille et la grandit. Elle veut être à sa hauteur. Quand ils se retrouvent, Rafael lui raconte le Portugal juste avant la révolution des œillets. Quand il se livre, tout devient poétique, même la pauvreté et la peur qui lui collent encore à la peau. Enfant, il a connu la misère, la vraie, celle qui transforme les oranges en produit de luxe, en miracle. Aujourd'hui encore, il dévore des yeux les oranges sur les étals des supermarchés. Il aime danser avec Inès sur les chansons d'Amália Rodrigues, la chanteuse de fado. Ses pieds nus au-dessous des siens, la tête d'Inès dans son cou, ses cheveux noirs et bouclés qui piquent sous son menton et autour de ses oreilles. Inès aime son corps lourd. Elle aime quand Rafael lui fait l'amour, le seul moment où il s'oublie, enfin, où il redevient un homme. Il la déshabille doucement puis arrache tout ce qui encombre son envie de l'avaler.

Dans le salon d'Inès, une tasse à la main, Rafael prend l'air grave pour parler de l'Accusation : l'institution la soutiendra si elle ne fait pas de vagues. Rafael le dit avec la même angoisse qui l'empêche d'avouer ce qu'il pense vraiment de la situation. Il s'assied et s'aplatit en rentrant les épaules, les coudes sur la table de la cuisine. Inès lui ressert un café noir, opaque et gluant, à la turque, le seul qu'il supporte. Il l'avale d'une gorgée.

— Les collègues m'ont dit que tu voulais porter plainte. Tu ne peux pas faire ça. T'as vu l'article du *Parisien* ?

— Oui, je suis au courant.

— Une prof de philosophie accusée d'apologie du terrorisme, et ça ne te fait rien.

— Je savais que tu me dirais un truc du genre : « Il faut se cacher et obéir. »

— C'est ta génération qui fout la merde, à réclamer tout le temps. Le voile, le halal et machin…

— Si vous aviez ouvert votre gueule, au lieu de baisser la tête, on n'en serait pas encore là, à se faire coloniser.

— Et c'est reparti, toujours la même rengaine. La colonisation et tout ça, on est des victimes, des « indigènes ». La dictature, la misère, la famine, t'as connu ça toi ?

— On n'est pas comme vous. On est la troisième, la quatrième génération et on serait la centième qu'on ne serait toujours pas français, qu'ils continueraient à nous humilier.

— Tu racontes n'importe quoi. Tu m'emmerdes. Tu n'es qu'une petite conne.

Rafael ne veut rien comprendre. Son imaginaire têtu et coriace oppose son intégration à lui, silencieuse, modeste, décente, sourde, à une intégration criarde, engagée, enragée comme celle d'Amira. Et ce mot « intégration », ce mot qui avance masqué, avec les meilleures intentions du monde. Inès le sait maintenant, on ne s'intègre pas à une culture, on se dépossède de la sienne, on disparaît. S'intégrer, c'est perdre le familier en soi, admettre que sa culture est inférieure : c'est se coloniser soi-même.

Rafael devrait savoir que les revendications bruyantes, immatures, victimaires sont les cris qui permettent de sublimer la honte des effacés.

Racisme d'État

Amira respire fort, elle est énervée. La réunion est électrique. Tout le monde veut se faire entendre. Inès est assise au fond de la salle. Ahmed parle de la déchéance de nationalité, ils ne peuvent pas refaire le coup de la double peine, comme au temps des darons. Ce n'est pas possible, il n'y a plus de bled où les renvoyer.

Ahmed regarde Amira au fond des yeux comme pour y voir son âme. Il n'arrête pas de penser à elle depuis quelques jours. Amira intervient, sa voix porte, on l'écoute, comme toujours elle relève la tête, elle lève le poing. Elle est faite pour ça : être écoutée, se faire applaudir. Aujourd'hui elle a pris la parole toute la journée à l'association. Ahmed la regarde, il aime sa fragilité, cette partie d'elle-même qu'elle ne montre à personne. Elle lui a envoyé un SMS un soir après le divorce : « Je vais me foutre en l'air. » Le cœur d'Ahmed s'est fendu en deux. Il l'a regardée pleurer pendant des jours. Il a compris qu'il n'arriverait pas à l'oublier. Hier soir, chez Amira, ils se sont embrassés. Il se souvient des percussions et de la fumée de cigarette. Les doigts d'Amira qui caressent et qui tapent la darbouka[1], elle qui secoue doucement la tête. Les corps qui s'agitent, son voile qui glisse, l'odeur de ses cheveux. Il l'a toujours aimée.

Aujourd'hui, elle l'ignore. De toute façon, c'est trop tard, il a trois gosses.

Amira n'en peut plus de ce débat qui n'en finit pas. Deux mois qu'on nous bassine avec la déchéance de nationalité. On veut encore leur confisquer leur identité. Il y a un mot pour ça. Racisme d'État.

Inès s'est levée et, comme tout le monde, elle a applaudi.

1. Instrument de percussions maghrébin.

IL Y A DES CONS PARTOUT

C'est Dieu qui donne

En 2015, Amira est devenue coach en immobilier à cause de Ben Laden, en discutant avec Team Oussama sur le forum muslim.com.

— Salam, mon frère. Moi aussi, je crois que j'ai envie de crier que je suis Team Oussama, pour les faire chier. Pour qu'ils arrêtent de me regarder comme si j'avais égorgé leur mère, comme si j'étais Oussama Ben Laden et les frères Kouachi. Tiens, pour les emmerder, je vais écrire un essai : « Génération Kouachi ». Tu sais ce que j'ai fait le 11 septembre avec leur putain de minute de silence : j'ai regardé le sol et j'ai pensé à nos frères palestiniens.

— De quoi tu parles, sœurette ?

— Team Oussama, c'est Oussama Ben Laden ?

— Mais non. Tu délires. Mon pseudo c'est pour l'entrepreneur Oussama Ammar. Le gourou de la tech. Ces vidéos sur l'entrepreneuriat. C'est pour ça Team Oussama !

— Ah, OK…

— C'est chaud quand même ce que tu dis.

— C'est pas ce que tu crois, c'est plus nuancé, en fait.

— Ça a pas l'air.

En un clic, Amira avait définitivement disparu du forum. Elle a regardé toutes les vidéos du coach en entrepreneuriat. En une nuit, elle était convertie. Elle voulait désormais une seule chose. Devenir millionnaire.

Amira vient de recevoir un autre mail d'insultes, les mêmes qu'elle reçoit juste avant la prière du dohr[1], toujours les mêmes, les clients qui n'ont pas fait fortune en quelques semaines. Elle les imagine en pleurs et en rage, certains d'avoir été arnaqués, la mort dans l'âme, faire leurs ablutions entre deux sentiments contradictoires : prier pour qu'Amira crève en répétant starfoullah. Elle est coach en immobilier, elle forme des « muslim rentiers ». Elle apprend aux musulmans à se libérer du salariat en sous-louant des appartements dans le respect de la sunna[2], sans riba[3]. Son discours est bien rodé, si le client est réticent après avoir insisté sur la nécessité de compter sur Dieu, de lâcher prise sur l'argent, elle invite à dire la prière de consultation[4]. Souvent, elle ne sait pas

1. Prière du milieu de l'après-midi.
2. Tradition prophétique.
3. Prêt à intérêt, proscrit par l'islam.
4. Prière qu'un musulman fait au moment d'un choix important.

pourquoi, mais ça marche et elle reçoit quatre mille cinq cents euros sur son compte le lendemain. Allahou akbar. Dieu est grand. Elle s'est convaincue qu'elle propageait le bien autour d'elle. Elle rend indépendantes les femmes qui, sans elle, seraient restées au foyer. Elle donne du temps aux hommes pour retrouver leur famille et accomplir leur prière à l'heure. Et si le client n'a aucune réservation sur l'appartement qu'il a mis en location, il faut attendre encore quelques semaines : « Dieu donne aux plus patients, à ceux qui s'en remettent au tawakkul[1]. À ceux qui aiment vraiment Dieu. » En général, ce message est suivi d'un tombereau d'insultes sur sa boîte Yahoo.

En ce moment, Amira déprime. C'est toujours la même chose. Netflix, les sites de rencontre, sa playlist sur iCloud provoquent successivement les mêmes mouvements dans son corps, l'enthousiasme, l'indécision puis le dégoût. Trop de propositions, fatiguée de choisir. Elle ne sait plus si elle préfère IAM à Médine, si certaines chansons de Deep Purple, qu'elle écoutait avec son père, valent encore le coup et si son plaisir coupable écouter Eddy Mitchell en boucle ne lui donne pas définitivement un coup de vieux.

Affalée sur le canapé, MacBook Pro sur le ventre, son livre d'invocations islamiques sur la table, elle tire

1. Confiance dans les plans de Dieu. La croyance au destin est un pilier de la foi islamique.

une cigarette de son paquet de Marlboro Lights et se demande s'il n'est pas temps de se reprendre en main. Son ventre fait de nouveaux plis quand elle s'assied. Elle doit apprendre à gérer son corps comme elle gère son argent. Depuis son divorce, elle cherche un mec bien, ouvert, qui fait ses prières, qui a fait des études et aime voyager. Après le cap des trente-cinq ans, elle sent qu'elle est moins recherchée sur les sites de rencontre. Et avec son divorce, elle ne récolte que les divorcés de plus de cinquante ans ou pire encore, les blédards sans-papiers. Dès que tu avoues à un Arabe que tu es divorcée, il retient juste que la meuf n'est pas vierge, c'est open bar. Après trente ans, les Rebeus pensent que t'es carrément désespérée, juste bonne pour un plan cul. L'annonce sur son profil, qu'elle a rédigée dans un moment de lassitude, fait peur, sans doute :

> « Divorcée. Trente-cinq ans et toutes ses dents.
> Entrepreneuse chiante et chiite. N'aime pas faire
> la cuisine et dire punaise à la place de putain.
> Pieuse comme elle veut. Afro-féministe. »

Elle doit être trop libre pour les hommes à l'ancienne et trop voilée pour les intellos comme elle. Les gars ne savent pas s'y prendre devant tant de nuance et de complexité. Soit tu es voilée et tu fais le ménage, tu veux des enfants, soit tu es une fille libre pas digne de confiance parce que tu ne ressembles pas à maman. Elle devrait ajouter une photo où elle a l'air plus jeune. La dernière fois, elle a reçu un tas de commentaires salaces sur sa bouche pulpeuse. Elle le dit pourtant dans sa description, elle est voilée et recherche un homme pieux qui aime voyager pour accomplir la deuxième partie de sa foi : le mariage. Elle n'a pas aimé être la femme de Mounir, il lui demandait constamment des comptes et ne savait pas s'y prendre. Toujours en colère, il voulait qu'elle soit comme sa mère, docile, à la cuisine. Pourtant, quand elle a reçu les papiers du divorce ça l'a terrassée. C'est dur de voir un juge annoncer la mort d'un mariage, des années pour rien, une partie d'elle-même qui n'aurait pas dû exister. « Un mal pour un bien », c'est ce que lui a dit Yousra, sa pote divorcée. Mais elle n'a jamais cru à ces histoires. Quand tu tombes, tu n'apprends pas, tu souffres un peu plus, quand on essaye de te tuer, tu n'en sors pas plus forte, juste plus abîmée.

Le lendemain du divorce, elle ne croyait plus en Dieu, elle l'a rangé pour un temps dans un tiroir avec le ramadan et le tapis de prière. Elle voulait une nouvelle vie. Elle s'est mise à lire Marguerite Duras, Balzac, Dostoïevski, et moins de Coran. C'était pire qu'avant. Rien ne pouvait prendre la place de Dieu. Alors, elle l'a ressorti du placard. Pour se justifier, transformer son cafard en voyage spirituel, elle est devenue musulmane chiite. Une branche qu'elle jugeait plus mystique, qui autorise les tatouages et les mariages temporaires. Amira ne rêvait plus du prince charmant, juste quelques histoires qui se terminaient au lit.

Elle et son Dieu, ça lui suffit maintenant. C'est même beaucoup. Comme tous les chiites, Amira attend l'imam Mahdi, celui qui sauvera le monde et fera régner la justice. Pour elle, il n'y a rien de plus beau et de plus réconfortant.

Le lendemain, Amira se sent mal. Elle doit se rendre au mariage de Samia, une amie rencontrée dans un cours d'arabe. Elle a pris un laxatif pour entrer dans sa negafa, une robe traditionnelle rapportée du Maroc par sa mère. Son ventre gonfle, il va exploser. Elle a promis à Samia de venir même si elle n'aime pas les salafistes, mais bon, toutes les occasions sont bonnes pour rencontrer du monde et se vider la tête.

En sortant de Paris par le périph, en traversant le 94, le 91 et le 77, elle maudit les laxatifs qui lui tordent le ventre et lui donnent envie de péter. Le trajet est trop long, ça commence à lui taper sur le système. Le fin fond du 77, la rase campagne, un vrai truc de salaf. Les salafs et la pureté, ils vont finir par se promener tout nus et fumer des joints. Pas possible d'être autant fasciné par la pureté des origines, ça cache forcément une faille narcissique. L'idée vient du futur marié, vivre à la campagne, sans aucune tentation. Les salafs quiétistes, des vrais musulmans new age. Ils fantasment le retour au vrai, à la pureté d'un passé qui n'a jamais existé. Amira trouve ça vraiment con, elle se demande comment une femme peut supporter cette vie. Vivre à la campagne d'accord, tu peux à peu près gérer sans Picard ni Bio c' Bon, tu prends la voiture pour tout, mais le niqab franchement et plus aucune sortie entre meufs pour s'amuser, ni restaurants ni terrasses. C'est chaud quand même. Samia doit être sacrément amoureuse ou sacrément bête pour pas comprendre que son mec va abuser de la situation pour la faire chier pour tout, tout le temps. Elle sera sous sa coupe, c'est sûr, il refuse même qu'elle travaille, à la maison ou ailleurs. Autant se marier avec un mec du bled. Il n'y a que les converties pour faire ces choix débiles, comme si elles voulaient dire aux Arabes : « Oh, t'as vu comme je suis pure, je suis encore plus arabe que toi. »

Amira se ravise, c'est mesquin, starfoullah. Après tout Mounir, son ex-mari, ne l'a pas forcée à porter le voile ou le niqab, pourtant c'était un sacré connard et un vrai radin. Un mec à l'ego blessé. En militant au mouvement des Indigènes, il n'a pas résolu ses problèmes d'identité. Il passait pour le mec de banlieue toujours énervé. Là-bas, il y avait beaucoup de mecs et de filles bon chic bon genre qu'il appelait les « beurgeois » et qui trouvaient qu'il parlait trop fort et trop mal, trop radical. Il s'est vite rendu compte qu'ils ne venaient pas du même monde, que son problème à lui, c'est qu'il n'avait pas grandi avec des livres. Quand Amira l'a quitté, il fumait beaucoup de joints et ne priait plus. Les yeux de Mounir ne brillaient plus quand il parlait, ceux d'Amira étaient tout le temps mouillés. Sans foi ni drapeau, il avait l'impression d'avoir attendu toute sa vie devant un ascenseur cassé. Il paraît que maintenant il fait les marchés.

Amira peine à croire qu'un mariage se déroule au fond de cette petite cour en plein milieu de l'après-midi. Il n'y a pas de bruit, juste quelques hommes dans le jardin en train de prier. Il fait chaud dans l'appartement. C'est la première fois qu'Amira assiste à un mariage salaf. Beaucoup de salafs détestent les chiites, ils pensent que les hommes chiites couchent avec leur mère et que leurs mères adorent Satan. Personne ne saura qu'elle est chiite, de toute façon ça ne se voit pas, il suffit de ne pas prier avec eux, elle dira qu'elle est indisposée.

Samia sait qu'Amira est chiite, ça ne la dérange pas, toutes les deux bricolent leurs identités pour être bien dans leur niqab. Samia paraît heureuse, mais deux mois pour décider du mariage, c'est trop court, ça craint. Amira se souvient de Mounir qu'elle a épousé trop vite, trop jeune pour comprendre dans quoi elle mettait les pieds, se retrouver si naïve avec un mec à nourrir et à aimer. Elle a été touchée quand Samia lui a demandé d'être son témoin. D'habitude quand elles se marient, les meufs cachent leur mari et ne te fréquentent plus, comme si, divorcée, t'étais prête à coucher avec n'importe qui pour faire chier.

Samia hésite sur sa tenue, entre femmes elle portera une jolie robe blanche, elle n'a pas pu résister, elle s'est acheté une robe à trois cents euros. Scandaleux une telle somme pour une robe qu'elle ne portera qu'une fois. Elle la donnera à une association pour en faire une sadaka[1], il faut donner aux plus démunis, même si en principe il vaut mieux donner aux musulmans. Elle admet que ça n'a pas de sens, tout le monde peut un jour se tourner vers Dieu et se convertir. La nuit dernière son sommeil était léger, elle a mis une double couche d'anticerne pour être présentable, elle sourit tellement qu'on ne perçoit pas sa fatigue. Elle illumine la pièce malgré l'austérité des lieux. Amira, qui ne croit plus trop aux conneries de l'amour, finit par l'admettre : la mariée est belle et règne au milieu d'un salon vide, à peine décoré. Les salafs refusent toute forme de représentation. On ne rivalise pas avec le créateur. Ici Samia se sent en sécurité. Samia

1. Aumône aux pauvres.

est belle, mince, coquette. C'est son mariage, elle pourrait faire la princesse mais elle accueille et sert les invitées.

Samia se marie sans chant, sans bruit, sans gêne, selon la tradition salaf. Si elle n'était pas là, on oublierait presque que c'est un mariage. La cérémonie se déroule dans l'appartement d'un HLM rural, très différent d'une cité pleine de barres d'immeubles. Il y a un jardin dans la résidence et même un gardien. Les habitants, essentiellement des retraités, ont sans doute eu peur quand ils ont vu arriver tous ces barbus et ces voilées. M. Marcel en allant promener son chien a même refusé d'ouvrir la porte. Après un interrogatoire de cinq minutes, il a laissé entrer le futur époux, Karim, qui ne s'est pas énervé. À la mosquée, on lui a dit qu'un musulman devait toujours renvoyer une bonne image. Sa mère lui a souvent répété d'entretenir de bons rapports avec les voisins, c'est hyper important. On apportera une assiette de couscous à M. Marcel. On enverra la copine de Samia avec la robe qui boudine, celle au visage brun, la Mauritanienne. S'il voit Samia en niqab, le vieux voisin va faire un infarctus.

La cérémonie ne s'est pas déroulée exactement comme prévu. Quand l'imam est venu chercher l'épouse dans la chambre, impossible de la reconnaître. Toutes les femmes avaient mis le voile intégral pour l'occasion. Quand il a fait un geste avec son doigt pour signifier qu'il fallait venir, c'est Amira, la témoin, qui s'est levée par erreur. Karim, l'époux, a tout de suite vu que ce n'était pas sa promise. Il a pris l'imam à part, il a gonflé sa poitrine avec ses mains et a chuchoté : « Cheikh, ma femme, c'est la petite avec les gros seins. » Quand Amira est allée chercher Samia, elle était morte de rire sous son niqab.

Amira doit tout expliquer à la maman de Sophie, le premier prénom de Samia avant sa conversion. Pourquoi sa fille ne peut pas donner directement son consentement. Pourquoi les femmes ont dû mettre un voile intégral pour la cérémonie. C'est terrifiant cette ombre qu'est devenue sa petite fille. Sophie se cache, se voile, disparaît. Sophie n'est plus Sophie, mais Samia, musulmane convertie qui épouse Karim, un homme qu'elle connaît à peine. Isabelle, la mère de la mariée, assiste à ce mariage aveugle.

Samia a connu Karim sur un site de rencontre, Nikah, réputé pour son sérieux. Elle l'a vu pour la première fois sans le regarder dans les yeux, juste des regards volés, elle ne l'a pas touché, elle ne connaît ni l'odeur ni la douceur de sa peau. Avant ça, ils ont tchaté pendant des heures puis Karim a jugé que c'était indécent. L'amour halal 2.0. Il ne l'a plus contactée pendant une semaine. Il ne répondait plus à ses messages. Sur le site, il se connectait régulièrement en ignorant Samia. Il a toujours fait ça avec les filles même quand il n'était pas salaf, la peur des relations sérieuses.

Samia a cru devenir folle, Karim l'a ghostée. Et puis un jour, il l'a appelée et lui a demandé de faire une takbila[1], une rencontre. Ce jour-là, il n'a plus aimé qu'elle. Elle lui a servi un café et l'a posé devant lui, elle lui a souri, le monde a disparu. Il a rougi, elle a dit oui. Samia l'a trouvé beau et fort, il a les yeux verts, elle ne pensait pas que les Arabes aux yeux verts existaient. Karim a une longue barbe qui accentue sa virilité. Samia aime Karim. Karim aime la pudeur de Samia, la douceur de sa voix, sa retenue, ses yeux noirs perçants, sa démarche réservée. Elle baisse la tête et sourit avec ses yeux, elle ne cache pas ses mains. Elle a le droit, exceptionnellement, de les montrer pendant la cérémonie.

C'est la première fois qu'Isabelle voit Karim. Il l'ignore, il la salue à peine. Elle est du côté des femmes, elle ne sait pas quoi faire. Isabelle aimerait crier. Elle pense à sa propre mère qui n'aurait pas supporté ce retour à l'âge de pierre, sa mère qui manifestait sur les pavés parisiens, sa mère communiste et féministe. Heureusement qu'elle est morte et qu'elle n'assiste pas à la transformation de sa petite-fille en fantôme. Isabelle est dépassée. Elle est venue quand même pour sa fille,

1. Désigne une rencontre officielle en vue d'un mariage.

parce qu'elle veut voir, elle veut comprendre, elle veut sauver son enfant.

Sophie est une enfant adoptée. Isabelle le lui a révélé quand elle avait quinze ans. Sa fille a découvert le nom de sa mère biologique dans son dossier d'adoption : Hakima. Comme Sophie, c'est une autre manière de dire sagesse en Méditerranée. Hakima est marocaine, Sophie est le fruit d'une relation hors mariage avec un père biologique espagnol. Hakima venait de perdre son mari et ne voulait pas traîner son bébé dans sa future misère. Répudiée par sa famille, elle n'a pas supporté la honte. Elle a préféré abandonner son bébé à l'assistance publique.

Quand elle a compris que sa mère biologique, Hakima, ne voulait pas la rencontrer, Sophie a découché, elle s'est mise à boire, à collectionner les cicatrices sur les bras. Isabelle était impuissante, muette et mortifiée. Sa fille lui crachait au visage : « T'es pas ma mère. » Elle a fini par le croire. Une adoption ce n'est pas naturel, c'est une histoire d'appartenance jamais résolue. Isabelle n'a pas porté Sophie dans son ventre, elle ne lui ressemble pas. Sophie a des traits méditerranéens. Isabelle est blonde aux yeux bleus. Un jour, à trente ans, Sophie a rencontré sa mère biologique. Hakima venait de faire un AVC, elle réclamait sa fille.

Hakima

Samia ne savait rien d'Hakima, sinon qu'elle venait d'un pays chaud. Quand elle a vu sa vraie mère pour la première fois, Sophie a eu des frissons. À soixante ans, Hakima en fait vingt de plus. Elle porte des tatouages bleus sur le front. On dirait une sorcière. Sophie est gelée dans cet appartement malgré le thé vert trop sucré qui lui brûle la gorge. Tout est pénible dans leur rencontre. Argenteuil est loin de Paris. Les cinq étages à monter sans ascenseur et cette vieille dame étrange qui marche lentement, qui n'articule pas. Sophie le pense sobrement et sans haine : elle ne veut pas être la fille de cette femme qui ne parle pas bien français et qui frôle l'obésité. Elle lui tient quand même compagnie de temps en temps mais elle aimerait se débarrasser de cet héritage, ne plus l'avoir sur la conscience. Elle regrette de l'avoir rencontrée, elle aimerait plutôt mourir que vieillir comme elle. Chaque nuit, elle voit son propre visage vieillir dans ses rêves pour devenir le visage d'Hakima.

Et puis un jour, Sophie a embrassé Hakima. La vieille dame malade lui chantait une comptine berbère, la tête de Sophie sur ses genoux chauds. Hakima lui avait mis du henné sur les mains, celui des jours de baptême. Sophie s'est laissé faire. Elle a reconnu son odeur. Elle a revu le jour où sa mère l'a prise dans ses bras, pour la première fois, et lui a chanté cette chanson. Elle s'est approchée doucement du visage de la vieille dame et l'a embrassée sur les joues avant de s'endormir.

Hakima a progressé en français. Elle dit des choses absurdes et folles. Hakima a demandé à sa fille si elle croyait en Dieu et lui a expliqué qu'avant, elle aussi était une fille libre et insouciante, mais qu'un jour « il faut s'occuper de Dieu ». Sophie ne sait pas si c'est de la maladresse ou de la poésie. Hakima a vécu seule toute sa vie, à faire le ménage pour les autres. Elle a aimé, elle a perdu, car « on peut quand même perdre des choses, même quand on est rien du tout ». Hakima parle beaucoup, elle murmure que « la vie est sérieuse comme une enfant qui joue ». Une sagesse enfermée dans aucun livre. Absolue.

Sophie a moins froid dans cet appartement. Elle s'imagine dans le ventre chaud d'Hakima, elle est en train de renaître. Quand Hakima est morte, elle a compris qu'elles seraient toujours ensemble fi illah, en Dieu. Elle s'est plongée en Dieu à corps perdu, elle est devenue un drap noir, elle n'est plus beaucoup sortie de chez elle.

En voyant sa fille déguisée en chauve-souris, Isabelle a des remords. Avec Sophie, elle n'a jamais abordé la religion, Dieu, le sens de la vie. Ces mots auraient dû sortir de sa bouche et pas des cuisses d'Hakima.

Bogoshalaldu78

Amira serre les fesses et se retient de péter. C'est bien la dernière fois qu'elle écoute cette influenceuse qui conseille de prendre des laxatifs à ceux qui n'arrivent pas à se mettre au sport. Elle doit rester digne. Abdel la regarde avec insistance, elle n'a peut-être pas fait tous ces efforts pour rien.

Abdel s'est incrusté à ce mariage qui ressemble à un goûter d'anniversaire. Les nuits d'Abdel sont courtes. Le soir, il planque devant un cabaret libanais aux Champs-Élysées pour surveiller un réseau de prostituées. Les putes la nuit, les terroristes le jour. Abdel connaît tout d'Amira. Elle n'est pas dans son assiette aujourd'hui, elle est toute crispée. Elle vient de se faire larguer par SMS, bogoshalaldu78 l'a bloquée, ils avaient fait des trucs par webcam. Le connard lui a dit le lendemain qu'elle était une fille facile et qu'il ne pouvait pas envisager une histoire sérieuse avec elle. Bogoshalaldu78 recommence tous les soirs avec des filles différentes.

Il y a deux jours, mariagepourlavie est tombée dans le panneau.

Abdel trouve que la DGSI perd son temps avec ces bisounours niqabées. Reste à savoir pourquoi Inès et Amira partent en Turquie et qui est ce mystérieux contact au Proche-Orient à qui Amira vient d'envoyer de l'argent.

Taqîya

Une guerre lointaine est toujours une guerre sans nom. Abdel voit bien ce que cachent les chaînes occidentales en regardant ce que les chaînes arabes exhibent : le sang, les corps et l'âge des victimes. Il est fasciné par la religion qui tue, sans savoir s'il est du côté des tueurs ou des victimes. Les deux lui ressemblent. C'est toute l'histoire de sa vie : son départ d'Algérie, l'islam qu'il abandonne en 1994, la guerre en Syrie, le terrorisme partout.

Quand Abdel est arrivé en France, la famille était scotchée à la télé, Canal Algérie en boucle, à compter les morts, les bombes qui éventraient, les vies parties en miettes, les chanteurs, les politiciens, les résistants, les disparus, les connus, les savants, les ignorants.

Rien n'est plus imprévisible qu'une guerre civile, quand ton voisin te pille, viole ta femme, pose une bombe sous le capot de ta voiture. Hamid, son père, ancien député, a embarqué ses gosses pour la France avec pour toute couverture des papiers d'identité libanais et un appartement dans le XVIe arrondissement. Un contact français leur a obtenu le statut de réfugiés. Le FIS visait les têtes pensantes et tous les corps libres. Les intellectuels avaient peur et voulaient sauver leur peau. Son oncle, universitaire, ne sortait plus avec sa sacoche, il prenait un sac-poubelle. Sa tante Malika a arrêté de chanter, toutes ses cousines se sont voilées et ne voulaient plus retourner à l'université. Tout ça, il pensait que c'était derrière lui. Depuis le 13 novembre, il rêve de la tête de sa mère coupée et posée sur la table de la cuisine. C'est arrivé à des amis juste avant qu'ils s'exilent. Il n'aime pas être algérien depuis qu'il a quitté l'Algérie et que sa mère est devenue folle.

Il a mis dix ans pour y retourner. Ce n'était plus son pays, c'était celui des salafistes, des terroristes, des chaînes de prêches islamistes. Un pays du Moyen-Orient pauvre, sale et perdu. Il n'y a pas retrouvé sa religion. Sa religion à lui, c'est celle que sa mère lui a apprise, une foi absolue dans les saints magiques qui ont vraiment existé. Il se souvient d'avoir grimpé les collines toutes rêches, bu de l'eau de source et d'avoir regardé son papa égorger le mouton, le sang de la bête qui gicle, de la magie, partout. Aujourd'hui, les gens ne vont plus voir les saints. Ils disent que c'est péché, haram. Tout est haram maintenant.

Ne reste plus que les rites mécaniques et sans mystère, les sacrifices austères sans communion, sans mystique, les esprits et les corps sans joie. Plus de magie et donc plus d'espoir. Les Algériens ne rêvent plus de démocratie, ils parlent de la taille du voile, du nombre de femmes que l'on peut épouser, si l'on peut s'épiler les sourcils quand on est mariée. La République démocratique de Chine envahissait tous les étals, le pétrole étouffait les contestations et colonisait une deuxième fois le peuple algérien.

Au volant de son VTC, Abdel fait la taqîya[1] à l'envers : laisser croire qu'il est un chauffeur Uber musulman orthodoxe aux intégristes qu'il infiltre et qu'il doit surveiller. Il traîne du côté de la mosquée de Paris, au premier rang des tartufferies de l'oumma[2]. Il s'est fait une petite clientèle parmi les fidèles, c'est comme ça qu'il a approché Amira et ses copines. Cette folle, il l'a emmenée à plusieurs reprises dans les manifs pro-palestiniennes ou sur les Champs-Élysées pour ses délires de Saoudienne. Il se demande encore si cette fille n'a pas des contacts avec les milieux islamistes, si elle n'utilise pas ses apparts pour blanchir de l'argent. Amira et sa copine, il a d'abord eu envie de les taper, puis il s'est

1. Pratique qui consiste à cacher que l'on est musulman.
2. La communauté musulmane.

attaché à ces idiotes : Amira la folle joyeuse, Inès la prof dépressive. Tout doucement la méfiance a disparu, il n'a même plus envie de leur faire payer l'addition. Ces filles ont quelque chose de touchant, Abdel commence à les trouver mignonnes et rigolotes avec leurs sacs Gucci et leurs airs de vierges effarouchées. C'est pas l'islam des salafs ou des ayatollahs, plutôt un islam à l'américaine, un islam gangsta bling-bling. Il les appelle les princesses du ghetto.

Abdel ne voit pas comment ces filles pourraient avoir un lien avec la Syrie. Et pourtant, il y a les versements réguliers sur le compte d'Amira, toujours en provenance de particuliers, des gens qui ne roulent pas sur l'or, tout cet argent qui semble transiter par des hommes de paille, ces activités foireuses de coach immobilier, un écran de fumée.

Quand il a vu Inès monter pour la première fois dans son taxi et qu'Amira a tout de suite raconté que la « sœur » était accusée d'apologie du terrorisme, les voyants se sont allumés. Pas une question d'intuition, les éléments étaient là. Les types du bureau, à la DGSI, pensent qu'Inès s'est fait embrigader. Elle a peut-être basculé après l'accusation. L'article du *Parisien* a fini le travail. Les derniers fonds versés sur le compte d'Amira viennent du Maroc et du Proche-Orient, et là ça devient vraiment inquiétant.

Il s'est peut-être fait griller, elles sont malignes. Derrière l'innocence, la désinvolture, les conneries indigénistes, elles l'ont peut-être détronché et le mènent en bateau. Amira, la plus remontée, Inès, plus introvertie, même pas voilée, elles la lui font à l'envers, la taqîya.

Magali

En famille, Magali, on l'appelait « la petite dernière », la chouchou, celle qu'on aimait trop, à qui on laissait tout passer, pourrie gâtée, celle qui parlait tout le temps, qui faisait des histoires pour rien. Sauf que personne ne voulait entendre qu'avoir un père qui vous aime trop, ça pouvait aussi être un problème.

Aujourd'hui, Magali regrette d'avoir ouvert sa bouche, d'avoir trop parlé. Le matin, devant la glace, elle rouspète contre ses kilos en trop et ses journées vides, sans travail, on embauche plus dans le coin. Magali c'est une vie à découvert, une vie qui sert à rien. Si on avait été plus exigeant avec elle, elle aurait mieux fini. Seulement Magali le sait, du boulot il y en a, mais pas pour elle. Il suffit de voir, quand elle emmène son dernier à l'école, tous les bougnouls qui partent bosser, tous ensemble à l'arrêt du bus 402 des Tarterêts.

Magali a appris à baisser la tête. Quand elle a engueulé la voisine africaine parce qu'elle laissait ses poubelles dehors, son fils de quatorze ans s'est fait bousculer par les dealers de shit en bas de l'immeuble. Le seul endroit où elle se venge, c'est l'isoloir. Elle glisse Marine dans l'enveloppe. Elle fait attention. Dans sa mairie y a que des conseillers bougnouls. Il y en a même qui ont des femmes voilées, elle pète un câble, elle peut rien dire. Elle en a marre de les voir partout, devant chez elle, dans l'école de sa fille. Mais qu'est-ce qu'elle peut faire ? Impossible de changer la petite d'école, faut connaître des gens, elle n'a pas l'argent pour le privé. L'école gratuite, ça coûte déjà trop cher, payer les fournitures, la cantine. Elle gagne 950 euros par mois, il faut enlever le crédit de sa voiture, le loyer 400 euros, l'essence 150 euros, la bouffe 200 euros, même quand tu ne manges pas de viande et que tu sautes des repas. Et il y a les vêtements des gosses, pas question qu'ils ressemblent à ceux d'à côté qui portent des sandales avec des chaussettes en hiver et qui sortent dans la rue en pyjama. Des gamins que la mère élève seule, huit gosses putain, ils foutent tout le temps le boxon, ils se croient chez eux. La nourriture, ça pue les épices et leurs trucs de là-bas dans tout l'immeuble, même les dealers supportent pas la puanteur.

Le jour de la rentrée de Lola, les parents étaient invités à rencontrer les enseignants. Magali s'était levée tôt et s'était bien habillée pour pas faire honte à sa fille. Mais dans le bus, elle a cru qu'elle allait mourir. Le conducteur portait une barbe longue jusqu'au torse et il parlait arabe avec un gamin. À un moment, ils chuchotaient. Ils projetaient un attentat, un de plus. Elle s'en souvient encore, le trajet a duré vingt minutes, une éternité. Elle a eu la trouille de sa vie, elle s'est imaginé que le gamin était complice, que dans son sac à dos il y avait de quoi tout faire exploser. Elle a fini le chemin à pied.

Quand elle est arrivée dans la classe et qu'elle a vu Mme El Amrani répondre aux questions des parents, elle était prête à tout casser. « Maintenant, c'est eux qui vont apprendre le français à nos gosses. » Inès revenait toute bronzée de ses vacances en Espagne, elle en parlait avec l'autre prof après la réunion. Ah ben c'est sûr, quand tu gagnes deux mille euros par mois tu peux te les offrir tes vacances en Espagne. Magali, elle, ne sort jamais de son trou. Elle n'a pas toujours l'argent pour l'essence. Ces gens-là ont tous les droits, et il faut surtout pas insulter leur prophète sinon ils te foutent des bombes dans la gueule.

Magali n'avait pas dormi de la nuit, les vidéos sur YouTube défilaient toutes seules. Elle le refera plus, des terroristes partout, des villes entières halalisées. Des mosquées à tous les coins de rue. Elle sait que sur gauloisdesouche.fr, les vidéos racontent un peu n'importe quoi, qu'elles rendent parano, mais c'est plus fort qu'elle. Les musulmans sont partout et ils ont droit à tout. On a baissé les APL de cinq euros et combien y a eu de mosquées construites ? Ils disent Allahou akbar et ils butent les Français. Valérie a raison, la coiffeuse chez qui elle fait le ménage. On a été trop gentils. On les a laissés faire. On aurait dû les mettre en taule et leur interdire leur religion ou les renvoyer chez eux, parce que ici, c'est chez nous bordel.

Aujourd'hui, dans le bureau du proviseur, Magali veut éviter les histoires. Elle se tient toute droite, elle fait des efforts pour bien parler. Elle a mis du rouge à lèvres fuchsia sur son sourire cassé. Elle s'est aspergée d'échantillons de parfum qu'elle garde pour les jours comme ceux-là où il faut raconter ta vie à quelqu'un que tu ne connais pas et qui décide pour toi.

En partant de chez elle, ce matin, elle s'est dit « une vie de con jusqu'au bout ». Dans le bureau du proviseur, les murs sont froids comme à l'hôpital. C'est étrange d'être ici. Elle n'est pas restée assez longtemps au collège pour être convoquée dans le bureau du dirlo. De toute façon, elle aurait pas supporté. Déjà à l'époque, elle était trop discrète, elle ne disait rien, tout le monde la prenait pour une débile. Une fille de sa classe lui a demandé un jour si elle savait parler. Les profs étaient gênés. On la laissait tranquille. Elle avait toujours un grand vide un peu effrayant dans les yeux. Elle a appris à ne jamais se plaindre, à imiter les autres, à ne pas avoir d'ambition pour ne pas être déçue.

Dans le bureau du proviseur, elle ne comprend pas tout. Elle n'a pas les codes. Ce n'est pas la juge qui s'adresse à elle comme à une enfant perdue, parce que le père des gosses est rentré chez elle, une nuit, pour la fracasser. Ce n'est pas le conseiller Pôle emploi qui lui demande si elle sait vraiment lire. C'est vrai, elle ne comprend pas tous les courriers qu'on lui envoie, mais elle déchiffre quand même les grandes lignes, elle est pas conne non plus. La fois où elle a demandé à M. Duval, son conseiller Pôle emploi, ce que voulait dire « arriérés », c'était une connerie, elle aurait pas dû. Il l'a fixée avec tellement de dégoût que maintenant elle prend son air sérieux et elle fait comme si elle pigeait tout. Aujourd'hui, pas besoin d'être un génie pour savoir qu'elle est dans la merde. Personne n'a pitié d'elle. Inès ne la regarde même pas dans les yeux. L'avocat d'Inès s'énerve et la gronde comme une gamine. De toute façon, elle a déjà perdu.

Quand l'avocat arabe lui a expliqué que ses propos étaient diffamatoires, qu'ils iront au procès, elle a pensé qu'une fois de plus elle sera seule à se fracasser la tête contre les murs. Elle se tait, elle a peur de parler et de faire des fautes de français plus grosses que ses cuisses. Magali est venue s'excuser parce que Inès voulait porter plainte. Elle a peur des représailles et des frais d'avocat. Oui, c'est elle qui a envoyé les courriers au lycée. Elle a menti parce que Inès lui volait sa fille. Pour Magali, il n'y a rien de plus grave.

Maintenant elle est fichue. Elle a même pensé au bidon d'essence. Le bidon d'essence sous l'évier, ça la rassurait. Quand ça n'allait pas, elle pensait à s'asperger d'essence devant la CAF ou Pôle emploi, devant l'école quand elle n'a pas payé la cantine de sa fille, au tribunal quand on lui a annoncé que son dégénéré de mari ne paierait plus la pension. Tous les 8 du mois, elle fait les comptes, il lui reste 110 euros. Un mois, il y a eu un imprévu, alors elle a vidé le bidon d'essence dans le réservoir. La mort muselée par la réalité de la vie. Une vie qu'elle passe à nettoyer les chiottes et les grands bureaux vides, à pleurer parfois, à genoux tout le temps. Cette fois, elle aimerait prendre carrément le Kärcher pour nettoyer la merde devant elle. L'Arabe qui pleurniche et son avocat qui la prend pour une cassos. Il sait pas, lui, que son père la touchait un peu trop, que sa mère en était jalouse, qu'elle la tapait aussi. Marre d'être une victime. Et oui, elle a eu un plaisir fou quand elle a écrit la lettre au proviseur contre la prof de philo de sa fille, un plaisir fou quand elle a posté des insultes en dessous de l'article du *Parisien* : « Une prof de philosophie soupçonnée d'apologie du terrorisme. » C'était bon, de taper, cracher sur cette connasse qui prend ses grands airs et que Lola veut imiter.

En ce moment, à la maison, c'est le chaos. Tout le monde crie, personne ne s'écoute. Lola rentre tard. Elle lui échappe de plus en plus cette gamine. Le vrai problème c'est que Lola adore Inès, elle voudrait jouer à Mme El Amrani, s'habiller, s'agiter comme elle. Être Inès. Quand elles dînent ensemble, il y a toujours une troisième personne qui s'invite : la perfection d'Inès. Lola lit beaucoup et s'exprime clairement, elle a gommé son bégaiement, utilise des mots raffinés comme « incontestablement ». Sa mère ne la comprend plus du tout avec ses grands airs. La mère a essayé d'accompagner la fille au théâtre et de payer les places même si c'était cher de la suivre. Elle n'a rien compris. Elles n'arrivent plus à se raconter. Elles vivent dans deux histoires séparées. Elle est fière de sa fille mais sa fille l'a trahie, comme les autres. Elle ne sert plus à rien.

Quand elle a entendu que la prof risquait d'être suspendue grâce à elle, elle a eu un tel plaisir, putain ! Lola faisait la gueule. La prof, on aurait dit qu'elle parlait arabe l'autre fois à la réunion. Magali a juste compris qu'on demandait d'acheter des livres qui coûtent cher. Elle a cherché sur Amazon. Ça faisait cinquante euros en tout, encore des trucs que sa gosse n'aura pas. Cinquante euros, c'est une semaine de courses. Si elle achète les livres, elle ne mange pas. Cinquante euros, le prix de la cotisation annuelle au Front. Magali ne pouvait pas choisir entre le Front, les livres ou la bouffe. Les meetings au Front rendent sa vie moins merdique. Quand elle y va, elle ne compte pas pour rien. Marine, elle parle comme nous. On se sent tellement bien de dire des trucs qu'on n'a pas le droit de dire d'habitude. Si les barbus du bâtiment D apprennent qu'elle est au Front, elle et sa gosse se feront agresser. Ils la caillasseront, ils la lapideront comme ils font avec leurs femmes. Eux, ils peuvent être terroristes, pas de problème, mais elle, elle peut pas dire ce qu'elle pense.

Quand l'avocat l'a appelée, elle a explosé. Elle a pensé aux frais de justice, toujours des frais. Elle a demandé des conseils à une copine du Front qui lui a dit de se rétracter, d'envoyer un courrier d'excuse. Magali ne sait pas bien écrire, c'est sa copine caissière au Leader Price qui l'a aidée.

Magali s'écrase face aux deux bougnouls qui parlent mieux qu'elle. Elle entend « dénonciation calomnieuse », « 3 750 euros d'amende ». Putain, il faudra la payer aussi pour lui avoir piqué sa fille, l'avoir changée en petite snob, au regard méprisant qu'elle jette à sa mère quand elle fait une faute de français. Lola n'a jamais dit qu'elle avait honte de sa mère. Ce n'est pas la peine, ça se voit tellement. Magali a honte de la honte de sa fille.

C'est dur aussi pour la petite. Elles ne vont jamais chez le coiffeur. Magali a demandé de l'aide, mais on lui a dit qu'elle n'était pas assez pauvre. Qu'elle ne savait pas gérer son budget et qu'il fallait qu'elle arrête de jouer à la Française des jeux. Elle ne deviendra jamais riche, seulement plus pauvre. Elle a imploré le soutien de l'Assistance sociale quand Lola sortait avec ses copines et qu'elle volait dans les magasins. On lui a répondu qu'elle n'était pas une urgence. « Ben voyons, je suis pas une urgence. » Et maintenant, cette prof lui a volé sa gosse.

Quand Magali a écrit le courrier au proviseur pour dénoncer Inès, elle en a un peu rajouté. Elle a brodé à partir du récit de Lola, de ce que sa fille lui avait rapporté des propos de « Madame » El Amrani : et qu'il fallait toujours se méfier des émotions collectives, des grands élans d'unanimité, et que l'on doit garder son esprit critique en toute situation, et qu'il faut préserver la paix civile à tout prix, ce genre de choses. Bref, c'est devenu l'apologie du terrorisme. Enfin c'était pour la bonne cause. Les gens comme El Amrani veulent nous remplacer, nous faire disparaître.

Inès et Ahmed sortent du bureau du proviseur. Son avocat a été menaçant. Chastelain doit blanchir Inès auprès de ses collègues et faire un communiqué à la presse, sans quoi Inès demandera des dédommagements et déposera plainte contre le lycée. Chastelain s'est contenté de quelques excuses : tout doit rentrer dans l'ordre, pas de vagues, surtout après l'article du *Parisien*. Il a renouvelé sa confiance à Inès, cette enseignante « exemplaire ».

Inès n'est pas dupe. Cette confiance, ces excuses, elle les doit à Ahmed. C'est le droit qui l'a sauvée, elle ne s'est pas sauvée elle-même. Si elle avait été sans mots, sans soutiens, ignorante de ses droits, si elle s'était laissé impressionner par la grande machine froide de l'Accusation, elle n'aurait pas été plus armée que Magali Dufour. Pas plus armée que son père quand il est arrivé en France et que les autres lui carottaient sa paye sur les chantiers.

Inès s'attendait à un bourreau, une terreur, une grande gueule. Elle est tombée sur Magali Dufour, son dos rond, ses ongles mal vernis, son faux sac Gucci, ses mains abîmées, crispées l'une dans l'autre. Une vie disloquée. Inès entend encore l'avocat qui lui crie : « Vous êtes coupable de dénonciation calomnieuse, madame ! » Il aurait pu la manger toute crue. Trop tard, pensait Inès. Magali Dufour était en chute libre, une longue chute sans fin, déclenchée par une suite de petits riens, des trucs minuscules ou trop grands, des événements qui l'ont énervée, enragée, rapetissée et dont l'inexorable succession a fabriqué Magali Dufour. Les boîtes d'intérim qui ne rappellent pas, le caddie qu'on ne remplit plus, les files d'attente pour la CAF, les aides auxquelles on n'a pas droit. Les petites vies comme celle de Magali ne tiennent à rien, elles peuvent être remplacées à n'importe quel moment, substituables les unes aux autres.

Inès pense aux mains de Magali Dufour, ces mains serrées comme des poings, ces mains qui trahissaient son désarroi et sa résignation. Dans le bureau du proviseur, elle a commencé en parlant trop fort : « Je suis mal garée, j'ai dû mettre du fioul pour venir. » En sortant, Magali Dufour est partie en silence, en se demandant si elle avait encore le droit de dire au revoir.

Parce que c'est la guerre

Des bouches ont parlé à des oreilles. D'autres bouches ont dit entendre des choses absurdes et folles à des oreilles qui voulaient tout savoir. Tous parlaient, personne ne savait. Quand Inès est revenue au lycée, certains lui ont tourné le dos.

— Ça te fait pas peur toi, les femmes voilées en niqab ? J'en vois dans les supermarchés, elles ne se gênent pas, elles se mettent derrière leur mari. Moi ça me fait peur. Elles ont peut-être une kalachnikov sous leur burqa.

Brigitte interroge Inès, elle veut comprendre. Inès n'a pas envie de répondre, elle vient juste de revenir au lycée, elle aimerait qu'on la laisse tranquille. Tout le monde la regarde de travers. Depuis deux jours, on lui demande : « Et toi, tu as dit quoi dans tes cours aux élèves ? » « Tu es pratiquante ? » « Tu es pour le voile ? » Quand elle entre dans la salle des professeurs, il y a toujours un silence lourd. Brigitte voudrait dire que l'islam c'est mal, c'est bête, c'est violent, c'est le danger. Brigitte est assommée par l'indifférence d'Inès.

La cigarette a donné une voix rauque à Brigitte, une voix pleine d'assurance, une voix d'homme. Comme toutes les filles qui fument, elle est une fille libre. Elle est belle, une allure élancée, des cheveux toujours bien attachés. Un matin, en lui servant le café, Yves lui a murmuré : « Je ne veux pas te perdre », comme un môme qui n'ose pas regarder les adultes. Les yeux tristes de son mari, sa main sur son genou et sa voix tremblante lui ont fait perdre tout désir de fumer, alors cette année elle a décidé d'arrêter.

Brigitte et Yves se connaissent depuis vingt-cinq ans, ils ont tout fait ensemble, l'un pour l'autre. Yves travaille dans le théâtre, il est auteur, il écrit beaucoup de pièces pour lui, pour les autres, pour son plaisir, pour rien. Il gagne peu ou du moins pas grand-chose, pas assez pour vivre une existence légère sans se poser de questions.

Les questions, c'est Brigitte qui les pose. Toujours les mêmes à la fin de la journée, à la fin du mois, de l'année pour le budget vacances. C'est Brigitte qui travaille et qui doit faire des heures sup. C'est elle qui commande, qui décide pour les dépenses et qui règle les factures. Au début, Yves s'en chargeait, mais un jour les huissiers sont venus tout embarquer. Yves collectionnait les maîtresses et les impayés sans se soucier des lendemains. Depuis,

Brigitte gère le foyer sans rien oublier des erreurs de son mari. Yves regarde sa femme qui fait si bien les choses, il l'aime. Il le sait. Il le sent au calme dans la maison, au confort de leur existence, à l'absence d'inquiétude. C'est une évidence, sans elle il n'est pas la moitié d'un homme. Brigitte lui permet de composer avec le monde. De se lever le matin sans peur, de se coucher sans angoisse, de respirer sans s'étouffer. Si elle meurt ce n'est pas la fin de sa vie, de son confort, non, si elle part, c'est le désert, le no man's land, l'humanité échouée. Brigitte ne doit pas mourir, elle porte Yves sur ses épaules.

En ce moment, il y a plus grave. C'est l'enfer. Sa femme est énervée, elle ne dort plus, rien à voir avec la privation de nicotine. Depuis le 13 novembre, elle pense tout le temps à son fils. Elle sent qu'il va mourir. Il habite à Paris, près de Nation. Elle le sait, on va l'appeler un soir et on va lui annoncer : « Baptiste a été égorgé. » Comme ça, parce qu'il était là et pas ailleurs, gratuitement, mort pour rien.

Elle a tellement peur qu'elle rêve d'enfermer sa famille dans un bunker, son mari et Baptiste dans ses bras, sans les autres, loin de tout. Elle voudrait serrer Baptiste contre son cœur, son cœur qui pourrait exploser si on lui disait un jour : « Ton fils est mort. » Désormais, le mal est partout. Dans un stade de foot, une salle de concert, une école, dans un bar, sur une terrasse, à la maison, et même au travail. Depuis vendredi, elle rêve d'Inès, la tête ensanglantée de son fils dans les mains, un rêve stupide et gênant, elle s'en rend bien compte, mais il n'y a rien à faire. Brigitte voudrait placer une caméra et un micro dans la tête d'Inès. Quand Inès entre dans la salle des profs, Brigitte arrête de parler de terrorisme et d'islam. Les terroristes étaient tous musulmans et la seule musulmane qu'elle fréquente est là, à côté d'elle, inquiétante et silencieuse. Un jour, Brigitte a élevé la voix dans la salle des profs, elle voulait secouer Inès, elle voulait qu'Inès lui réponde enfin : « Les musulmans devraient condamner le terrorisme, manifester, dire que c'est horrible. » Mais Inès n'a pas répondu, elle n'a même pas levé les yeux. Un silence complice.

Brigitte a peur : prendre le métro, attendre à l'arrêt de bus, se mettre en jupe, boire un verre de vin, respirer l'air frais, être une femme, fumer, danser, aller au théâtre. Vivre est devenu une activité étrange et hostile. C'est la « guerre ». Il faut « choisir son camp ». Brigitte se perd dans la marge des mots, elle trébuche. Chaque fois qu'elle essaye la nuance, ça ne marche pas. Toutes ses phrases commencent par « eux » et finissent par « nous ».

Inès lui répond sans répondre. Elle ne comprend pas pourquoi elle serait complice, les victimes ont son âge et lui ressemblent. « Et toi Inès, tu es de quelle origine ? »

« Tu es pratiquante ? » « Tu bois du vin ? » « Tes parents habitent où ? » Brigitte voudrait qu'on lui explique ce qu'est l'islam une fois pour toutes pour qu'elle n'ait plus peur, qu'on lui explique comment ça marche avec le mode d'emploi. Inès cache quelque chose, c'est sûr, elle est toujours habillée en femme pudique avec des manches longues et des cols roulés. Vers Nation, en allant voir son fils, elle a surpris Inès en train de parler avec une fille entièrement voilée, qui riait et parlait fort avec un piercing dans le nez et un sac à main de luxe.

Parce qu'il n'y a plus de place pour l'ambiguïté. Parce que les parents doivent protéger leurs enfants. Parce qu'il faut prendre ses responsabilités. Parce que c'est la guerre. Brigitte est allée voir le proviseur Chastelain pour lui raconter l'histoire des cols roulés, des manches longues et de la fille en voile intégral. Il lui a dit de se calmer. Mais quand elle a appris pour l'accusation d'Inès, elle a complètement vrillé, elle n'en dormait plus. Il fallait faire quelque chose, vite, sauver les enfants avant qu'il ne soit trop tard. Par acquit de conscience, pour retrouver le sommeil, elle a écrit au *Parisien*.

L'Apologie de Socrate

La sonnerie retentit. Les élèves vont arriver.

Inès repense à la première accusation. Le mercredi 12 septembre 2001. Elle est encore au lycée. La veille, les États-Unis ont subi une attaque terroriste. Deux tours effondrées, de la fumée et des gens qui crient. Mathilde n'a pas voulu faire la minute de silence, Inès a pris la parole en cours : « Moi je ne comprends pas, les États-Unis attaquent le monde arabe et personne ne dit rien et quand on tue des Américains, il faut faire une minute de silence et prier pour eux. » C'était l'année de ses dix-huit ans. Elles avaient ri de leur insolence. Inès avait bravé un interdit : répondre au prof d'histoire qui l'avait tout de suite exclue. Si son père avait été là, il lui aurait donné deux claques devant tout le monde. Le lycée aurait sans doute appelé l'assistante sociale pour la sauver de son père ou du mariage forcé. Après ça, Inès n'a plus osé s'adresser à son prof d'histoire qui l'a ignorée pendant des mois.

Le lendemain, son prof de philosophie, M. Lefèvre, l'avait accompagnée chez le proviseur qui s'était lancé dans un interrogatoire en règle.

— Qu'est-ce que tu penses d'Oussama Ben Laden ?

— C'est un terroriste.

— Et qu'est-ce que tu penses des terroristes ?

Le pied gauche de son enseignant de philo s'agitait nerveusement sous la table. Inès croyait que c'était sa faute, elle répondait mal aux questions du proviseur, elle était en train de décevoir son prof.

— Ils me font peur.

— Et tu aimes avoir peur ?

— Oui, quand je regarde des films d'horreur.

M. Lefèvre n'avait pu s'empêcher de rire devant l'absurdité de la scène, le proviseur qui se prenait pour un as du contre-espionnage et la lycéenne qui devait se cacher sous la couette, le soir, après avoir regardé un film d'horreur.

— Pourquoi tu soutiens les terroristes ? Qu'est-ce que tu aimes chez Oussama Ben Laden ?

— Arrêtez votre interrogatoire, on n'est pas à la police, avait répondu son prof de philo.

Puis il avait pris Inès par le bras.

— Moi aussi, j'en ai dit des conneries à dix-sept ans.

La porte du bureau du proviseur avait claqué, le cœur d'Inès battait fort.

Les adolescents entrent en chahutant. Inès a retrouvé son cours, ses repères, ses élèves. Mounia lui a lancé : « Madame vous m'avez manqué, votre remplaçante, elle était encore pire que vous. » Inès reprend son cours sans cérémonie. *L'Apologie de Socrat*e est le premier livre de philosophie d'Inès, celui que M. Lefèvre lui avait offert. À M. Lefèvre, Inès avait dit un jour : « Plus tard, j'aimerais être comme vous. » La classe d'Inès est calme maintenant. Rien n'a changé, Inès est toujours cette enseignante intransigeante qui recherche leur attention. Le cours commence.

Socrate est accusé d'impiété et de corruption de la jeunesse. On l'accuse de vouloir renverser les lois et de ne pas croire aux dieux de la cité. C'est une calomnie. On ment, on le caricature, on l'insulte. Socrate est seul face à ses accusateurs. On parle de dieu et de morale, pourtant c'est de politique et de guerre qu'il est question. La démocratie est en crise, Athènes menace de s'effondrer. Socrate attaque les puissants et les sophistes, il est accusé de détruire les fondements de la cité. Comment Socrate peut-il se défendre, lui qui est pourchassé par des ombres ? Inès lit cette phrase à voix haute : « Pour me défendre, je me trouve tout bonnement contraint de me battre contre des ombres et de me lancer dans une réfutation sans personne pour me répondre. » La moitié de la classe est déjà endormie.

L'Accusation agite encore l'esprit d'Inès, les mêmes questions reviennent, sans cesse, ruminées, le doigt pointé sur elle : « Mettez-vous les lois de Dieu au-dessus de celles de la République ? » « Que dites-vous réellement à vos élèves, à nos enfants ? » « Pourquoi n'y avait-il pas de musulmans à la marche du 11 janvier ? » « Que pensez-vous des frères Kouachi ? » « Parlez-vous arabe ? » « Faites-vous le ramadan ? » « Pourquoi tu ne mets jamais de jupes courtes ? » Tout le monde parle à sa place.

Socrate est condamné, il doit boire la ciguë. La philosophie est née de cette injustice.

Inès s'en est sortie. Parce qu'elle est du côté de la loi et de la civilisation. Parce qu'elle n'est pas une damnée de la terre, ni une barbare. Parce qu'elle n'a pas été déchue de sa nationalité, de ses droits. Parce qu'il n'y a pas eu de procès. Parce qu'elle a été défendue. Parce qu'elle sait s'exprimer. Parce qu'elle vit entourée de livres. Et que la barbarie était du côté de Magali.

Inès achève son cours. La sonnerie retentit. Les élèves veulent partir. Inès déclame la fin de sa leçon, toute seule avec du bruit autour : « La philosophie permet de résister à l'injustice. » Personne ne l'écoute. La porte s'ouvre. Lola prend la parole devant la poignée d'élèves restée dans la classe : « Moi je ne suis pas d'accord et j'aimerais m'exprimer. Face à l'injustice, il ne faut pas pardonner mais lutter. Si on ne résiste pas, on crève. » Elle prend son bout de papier et le tract qu'elle a écrit, elle le lit à voix haute : « Une loi injuste est en train de se préparer. On casse le Code du travail et demain on bloquera le lycée. La justice, c'est de se révolter. »

Inès n'a rien dit, elle a souri.

Rachida Dati va à l'église tous les dimanches

Le féminisme, c'est quelque chose que tu vis avec ton corps. Tu le ressens chaque fois que les hommes te demandent d'être silencieuse, de rester à ta place. Amira, voilée, petite fille de harki et afro-descendante par sa mère, ne peut pas se payer le luxe de rester à sa place. Amira l'a compris sur le tard, un matin, en allant à la mosquée de Paris. Elle n'habite pas le Ve arrondissement, mais elle voulait s'y rendre pour la prière du ramadan. Il n'y a pas de mosquée chiite à côté de chez elle. Alors Amira se rend à la mosquée sunnite, après tout, la religion c'est du bricolage et beaucoup de contradictions. Il paraît que Rachida Dati va à l'église tous les dimanches.

Amira se souvient d'une flèche qui indiquait le sous-sol. Un truc inimaginable. On l'a bousculée d'abord, on lui a dit de ne pas entrer. Elle a eu honte, une honte qui a tout couvert, son corps, son visage, les battements de son cœur jusqu'à faire disparaître sa colère et son indignation. Une honte qui a pris son âme. Un deuxième voile tout dur recouvrait son corps, un voile qui l'empêchait de respirer. Elle ne savait plus où elle était. Elle a encore mal.

Avant les femmes priaient à l'arrière et les hommes devant parce que les hommes regardaient leurs postérieurs, c'est le Prophète qui le dit. Seulement les femmes au sous-sol, c'est dégradant. Pour Amira, le sous-sol c'est la poubelle de leurs désirs, celle des barbus qui veulent mettre toutes les femmes en niqab, une poubelle avec deux yeux. Amira, personne ne la laissera dans le local à poubelles. Quand elle veut emmerder les salafistes, les laïcistes, les féministes pseudo-universalistes, elle porte un turban sur la tête, elle laisse apparaître ses bras, parfois ses cheveux qui dépassent. Et tant pis si les obsédés prennent ses cheveux pour la tête d'Iblis, de Satan, et que les autres, les paranoïaques, y voient la tête d'Isis, l'État islamique.

On la bouscule, elle s'énerve, elle résiste. Du bruit, des cris. On la traite de femen, et un autre : « Ici c'est l'Algérie. » Elle crie plus fort : « Ici, c'est la France, et ta grosse main qui m'a poussée n'est pas celle de Dieu. »

Amira milite dans une association féministe. Elle comprend que tout son corps porte les marques de la domination, par son genre, sa race et sa religion. L'État a fait de la religion une affaire d'hommes, l'État qui interdit aux femmes voilées de travailler. Le connard barbu qui l'a poussée est encore plus dominé qu'elle, ce n'est pas lui qui est responsable, il n'est qu'un maillon dans le grand engrenage de la domination. Ce n'est pas sa violence qu'il faut condamner mais ceux qui l'ont produite, qui ont fait de lui un mec de banlieue minable et qui lui ont assigné ce qu'il devait être.

Encore aujourd'hui, elle a insulté un type qui l'a traitée de sale voilée et lui a dit de retourner dans son pays. C'est toujours la même chose. D'abord elle ne dit rien puis d'un seul coup elle s'énerve et elle course le type avec des yeux de folle. Son cœur bat très fort, ça lui a fait un bien fou de hurler qu'elle existe. De tout casser. Elle est encore essoufflée quand elle retrouve Inès dans un café de Belleville.

Yann vient d'arriver, il a insisté pour être là. Il n'aime pas qu'Inès fasse ses coups en douce. Il a peur de ses crises identitaires, de leurs différences de classe. Il a regardé autour de lui tous ces hommes arabes qui buvaient leur café et qu'Inès contemplait silencieusement. Elle pense à son père. Il lui a demandé de le rencontrer. Elle a accepté, sans donner de date précise, juste pour sortir d'une impasse.

Amira commence : « Tu as vu ce qui se passe à Nuit debout ? » Yann y était la veille, il n'y avait rien à voir, strictement rien que du bruit et ce slogan pataphysique repris en boucle : « Nous ne revendiquons rien. » Amira poursuit : « J'y suis passée la semaine dernière avec un collectif pour les sans-papiers et contre les violences policières, on nous a laissés parler pour une fois. Ils essaient de faire converger le centre avec les cités, mais faut pas rêver, on n'oublie pas 2005. »

Yann repense aux manifs contre le CPE quand il était élève à l'École normale supérieure. Il revoit le blocage des cours. Il avait vingt ans, un avenir brillant avec un salaire à la fin du mois et déjà la haine contre un système économique dont il étudiait les rapports de force et les logiques de domination. En y repensant, il est fier d'avoir fait ses études à Normale, fier d'avoir dormi dans les turnes miteuses de la rue d'Ulm, d'avoir fait ses besoins dans les chiottes à la turque du dernier étage. Pour lui c'était ça Normale, une noble austérité qu'il pouvait opposer aux campus luxueux de Sciences Po et des grandes écoles de commerce. Mais ça lui paraît tellement loin maintenant qu'il peut commander un Uber quand il a trop bu.

Les résultats du CNRS viennent de tomber, cinq postes et deux cents admissibles. Il a un CV interminable et des années de précarité universitaire derrière lui. Parfois, Yann a envie de changer, de vivre comme il pense. Tout plaquer et partir dans le trou du cul de la France pour s'installer avec Inès et élever des brebis.

Ses mains

Il faut rendre les clés le mois prochain, faire les réparations, et l'appartement doit être tout neuf, comme si on n'y avait jamais habité. Les cartons sont encore dans l'entrée. Inès a jeté beaucoup de choses, c'est le seul moment où elle est capable de se séparer des objets qui encombrent son quotidien, des livres d'art ou des encyclopédies qu'elle ne consulte jamais, un siège Voltaire usé, des natures mortes qui assombrissent les murs et réduisent l'espace. Des montagnes de journaux, des bibelots qui encombrent les étagères.

L'appartement, même vide, est en désordre. Inès est stressée, elle laisse traîner les choses. Elle emménage avec un homme pour la première fois. S'installer avec Yann n'a rien d'évident. Elle tient surtout à sa liberté, sa solitude. Elle n'aime pas l'idée de perdre son territoire, son foyer. Elle a tellement peur. La première fois que Yann lui a demandé d'habiter avec elle, elle a accepté puis l'a aussitôt trompé avec Rafael. Elle gère ses angoisses comme ça. Elle refuse la tournure définitive des choses. Tromper Yann n'était pas une libération. Juste une issue de secours qui la mène, aujourd'hui, à une impasse encore plus étroite. Elle aime Yann, elle aime que Yann la comprenne, elle aime son odeur, sa tendresse, ses névroses. Elle ne veut pas le quitter, elle aimerait savoir ce que ça fait de vivre avec lui, tous les jours.

Yann veut rester à Paris. Il a besoin d'une bouche de métro et d'un Franprix, pour ne pas se sentir à l'étranger. Pour se ménager un peu d'espace avec Inès, il doit pourtant se résoudre à acheter au-delà du périphérique, sur une ligne de RER. Il a accepté, la mort dans l'âme, de chercher un appartement jusque dans l'Essonne. Ils envoient des messages à toutes les annonces dans les petites villes-dortoirs à portée de RER, Ivry, Choisy, Juvisy. Quand Inès demande à faire une visite, les agences ne répondent pas toujours. Quand c'est Yann, l'appartement est toujours disponible. Yann comprend qu'il est blanc. Au début, il ne croyait pas Inès, Inès qui voit des Blancs méchants partout, des Blancs racistes, des Blancs dominants, des Blancs contre elle qui lui veulent tout le temps du mal. Puis il s'est rendu à l'évidence. Ils ont moins de chances de trouver un appartement si c'est Inès qui fait les démarches, même si elle donne sa fiche de paie, même si elle gagne plus que Yann.

Mais Yann ne comprend pas pourquoi Inès refuse de le présenter aux Arabes, est-ce qu'elle a honte d'être avec un Blanc ? L'autre jour, elle a dit au plombier que Yann était son colocataire. Quand elle l'a entendu parler, Inès a tout de suite compris, à son accent, qu'il était algérien, qu'il n'était pas né ici, qu'il travaillait de ses mains. Il ressemblait à son père.

Inès parle à Walid en arabe, Inès fait des fautes, ce n'est pas grave, Walid la comprend. Depuis quelque temps, ça se passe comme ça, il y a toujours des retrouvailles, une sorte de familiarité quand elle rencontre un homme maghrébin. À Walid, elle parle facilement de ses origines sans avoir l'impression de subir un interrogatoire. Pour elle c'est évident, c'est facile. Elle répond à la question « D'où tu viens ? » sans avoir l'impression de se justifier. Inès lui dit tout de suite : « Je suis marocaine, et je suis née en France. » Yann ne comprend pas l'empathie d'Inès pour cet ouvrier. Elle le traite si bien, elle le regarde avec affection, lui dit de prendre son temps, de partir quand il veut. Les travaux durent et s'éternisent, aucune importance. On dirait qu'elle veut le garder auprès d'elle.

Yann laisse faire, il sait tout d'Inès, il sait qu'il doit lui laisser du temps, de l'espace, il sait qu'il doit accepter cette différence entre eux. Alors quand Inès a présenté

Yann comme son ami, et pas son compagnon, il s'est vexé mais il n'a rien dit.

Quand elle parle la langue de son père, Inès a le sentiment d'être à la bonne place, elle le sent jusque dans ses tripes. En observant Walid, le corps cassé en deux sous l'évier, Inès a cinq ans. Elle voit son père travailler, réparer les choses. Les mains de Walid sont moins abîmées. Elle demande pardon : « Papa, je t'ai trahi, je ne vis pas comme toi, je n'ai pas poursuivi ton œuvre de misère. » Puis une voix s'est mise à crier, tout au fond d'elle-même : « Tu mens, tu parles une langue qui n'est pas la tienne, tu seras toujours la fille de ton père. »

Lamia

Lamia est contente, le logement vide et quasi insalubre, de l'autre côté de son paillasson, vient d'être acheté par un jeune couple. Elle a essayé de leur parler mais elle ne veut pas les envahir dès le premier jour. En France, elle a appris à modérer son hospitalité méditerranéenne. Les Français n'y trouvent aucune marque de politesse, au contraire. Et c'est quand même dur à son âge de changer, de tout réapprendre comme une enfant.

Quand Lamia rentre en Tunisie, c'est pareil. Tout a changé, ça lui fait mal d'avoir quitté un pays qu'elle a perdu avec la mort de son mari. Son mari elle ne l'a jamais aimé comme on aime à la télévision, *Les Feux de l'amour*, la passion, les vrais baisers. Chédi c'était son foyer, celui qui lui rappelait qui elle était, son pays. Le pays qui leur manquait, les gens qu'ils avaient connus, le mariage d'un cousin, l'histoire de tout le monde, ils se la racontaient ensemble, l'un pour l'autre avec l'impression de vivre dans le village qui n'existait plus que dans leur tête.

Lamia est seule pour la première fois de sa vie, sans père, sans mari, sans compagnon, sans tyran. Lamia ne sait ni lire ni écrire. Elle se demande ce qu'elle va faire dans son appartement où il n'y a plus personne à nourrir. Elle était la fille de son père, puis la femme de Chédi, et depuis la mort de son époux, elle n'est la fille ni la femme de personne.

Un matin, Lamia a eu dix-neuf ans et un père trop âgé pour s'occuper d'elle. Dix-neuf ans, c'est vieux. Sa mère s'était mariée à treize ans. Elle lui a dit : « Il est temps. » Lamia est prête pour le mariage. Elle fait les courses pour ses parents, elle sait négocier, elle sait aussi que son père n'a pas grand-chose. Ce n'est pas le rythme des saisons qui leur donne à manger, son père n'a pas de terre, juste une petite maison de fortune qui menace constamment de s'écrouler, une maison sur le rocher berbère de Takrouna en Tunisie. Ils mangeront ce que Lamia est capable de marchander pour quelques pièces arrachées du fond de son portefeuille. Elle baisse le regard devant les hommes, elle évite de marcher devant les terrasses des cafés. Chédi trouve cela touchant. Chédi admire les grands yeux de Lamia et son élégance paysanne. Il va l'épouser, c'est décidé.

Lamia ne se souvient même plus d'avoir dit oui le jour de son mariage. Chédi est allé voir son père et maintenant elle a les mains enduites de henné, elle est mariée. Elle sait de Chédi qu'il vient d'une bonne famille, qu'elle aura moins à compter ses pièces quand elle ira au marché, qu'elle mangera plus de viande et aura bientôt des enfants. Elle doit lui faire un garçon, c'est important pour Chédi, pour la famille, pour les autres.

Le jour de son mariage est un jour de sacrifice. La vie n'est qu'une suite de sacrifices pour Lamia et les siens. Quand on loue une maison ou qu'on l'achète, quand quelqu'un naît, on égorge, on sacrifie la vie d'un animal parce que la vie est devenue plus belle. Chédi aime les sacrifices, il aime faire couler le sang des bêtes, sa manière à lui de pleurer et d'être heureux. Les pleurs sont réservés aux nourrissons, aux femmes et aux vieillards. Chédi fait toujours couler le sang quand il est heureux. Selon la tradition. Il égorge un mouton pour communier avec Dieu. Le sang de la bête rend hommage au sang de Lamia qui a coulé entre ses cuisses pour enfanter, le sang qui s'est propagé, le sang qui fait vibrer le cœur de Chédi, qui lui est monté à la tête quand il a vu Lamia pour la première fois et quand son fils est né. La bête souffre et l'homme honore Dieu. En France, quand tout allait bien, Chédi faisait entrer un mouton vivant dans son logis et l'égorgeait dans la baignoire. Dans ce logement sordide, il y avait de la magie partout. La mort du mouton est là pour enchanter. Le sacrifice est un hommage à la nature, à Dieu et à la bête elle-même, créature de Dieu. Et grâce à Dieu, Chédi est resté Chédi.

Le jour de ses noces, Lamia se rappelle les mots de sa mère lorsque, petite fille, elle l'avait fait monter sur un coffre, pour faire d'elle « un mur infranchissable ». Debout sur le coffre, Lamia devait répéter à sa mère : « Je suis un mur et le fils de l'autre est un fil. » Lamia devait garder sa virginité jusqu'au mariage. Aujourd'hui, sa mère lui a demandé de délier le sort, d'ouvrir son bas-ventre pour Chédi. Lamia répète les mots de sa mère. La formule magique qui a protégé l'honneur de tous les ancêtres et des siens : « Je suis un fil et le fils de l'autre est un mur. »

Lamia ne sait rien des hommes, elle sait juste qu'elle doit « se laisser faire par Chédi ». En s'allongeant à côté de son mari, Lamia a peur d'être un mur, froide et rigide, fermée au désir de Chédi. La cérémonie d'ouverture n'a peut-être pas fonctionné. Elle n'aura pas d'enfant, elle n'aura pas de fils, elle sera répudiée.

Le lendemain des noces, la famille est heureuse pour Lamia. Sous les youyous, sa mère exhibe le drap ensanglanté. Lamia est l'honneur de son père, de sa mère et de Chédi.

Lamia a eu trois fils, qui ne viennent plus beaucoup la voir. Elle regrette de ne pas avoir assez prié pour avoir une fille. Lamia espère que la future voisine, Inès, acceptera son invitation à boire le thé.

Khaled

Quand Khaled, le père d'Inès, parle français, il lève la tête et prend son air fier et arrogant. « Les Français sont comme cela », c'est ce qu'il dit à sa troisième femme, Sabrina. C'est pour elle qu'il se teint les cheveux. Pour Sabrina, il est doux et coquet, il ne s'énerve jamais, il rend jalouse sa deuxième femme. Il aime le petit visage rond de Sabrina, il aime sa sensualité, il l'aime presque comme un père. Avec elle, il se sent plus grand et plus jeune. Avoir plusieurs femmes, c'est être important. Il n'est plus cet ouvrier immigré, méprisé en France, depuis qu'il est rentré au pays et qu'il a ouvert son entreprise de plomberie. Dans le quartier, on l'appelle *El Françaoui*. Lui qui n'a jamais obtenu les papiers d'identité en France, il est un véritable Français au Maroc. Il voudrait ressembler à ces Marocains francophones qui traversent la Méditerranée comme on prend le train, ces gens importants qu'on voit sur les chaînes nationales. Il fait du jogging et ne fait plus son âge. Il a installé une application sur son portable pour améliorer son français. Peut-être même qu'il aura bientôt une quatrième femme. Ici il a le droit, mais il ne faut pas attendre d'être trop vieux.

Depuis qu'il est rentré à Casablanca, Khaled n'a pas vraiment appris à aimer les femmes, juste à les compter. Il gère ses femmes en bon père de famille. Pourtant le polyamour forcé, au début, ce n'était pas évident. Sa deuxième femme était jalouse, elle demandait toujours plus que la troisième, le privilège de l'ancienneté. Et puis pour Wafa, la troisième femme de son mari était aussi un peu la sienne, il fallait partager. Wafa rêvait de jouer la grande dame en promenant Sabrina comme on promène sa domestique dans les beaux quartiers de Casablanca. C'était elle qui avait fait les démarches pour demander la main de Sabrina, vantant la jeunesse et la virilité de son époux. Elle avait même préparé de ses mains des gâteaux pour la famille. Dans leur petit salon de banlieue, elle avait expliqué : Dieu n'a pas voulu me donner des enfants mais, avec l'aide de Dieu, ce mariage sera béni par des naissances. Désormais, avec Sabrina, elles seraient sœurs, avait-elle juré. La mère de Sabrina, avec un sourire coincé, lui avait répondu qu'elle avait plutôt l'âge d'être sa mère.

Quand Khaled a épousé Sabrina, Wafa a ravalé sa fierté. À quarante-cinq ans, elle ne pouvait pas décemment retourner chez ses parents et renoncer à son confort, cet appartement avec trois chambres, balcon et vue sur les immeubles modernes de Maârif. Finalement, Sabrina fait les courses et c'est elle qui s'occupe du ménage. La petite ne s'est pas laissé faire. En acceptant cette nouvelle épouse, Wafa a gagné le privilège de ne plus s'astreindre à la chose conjugale. Le ventre mou de Khaled et son haleine fétide ne lui manquent pas, ce qu'elle regrette le plus, c'est sa fierté. Quand elle allait au marché, elle était encore quelqu'un, une femme qui n'avait pas d'enfant, mais qui avait de l'argent et un mari français.

Là-bas, Khaled, *El Françaoui*, pouvait donner l'illusion de la réussite avec sa petite entreprise et ses deux employés, avec ses femmes, avec ses deux pays, le Maroc et le France. Mais de ses années de travail en France, il ne disait rien. De son corps abîmé par les chantiers, de la mort de sa femme, de sa fille dont il devait s'occuper, seul, dans leur petit deux-pièces, dans cette grande banlieue d'une ville triste, il n'avait rien voulu garder d'autre que le récit d'une belle réussite par un travail acharné.

Ce n'était pas ce que voyait Inès quand elle pensait à son père. Elle se reprochait d'avoir une vie confortable et heureuse, à l'opposé de cette vie triste et violente dont Khaled ne voulait jamais parler, même pas à sa fille.

Yann ne pourrait pas comprendre Khaled, son français hésitant, ses mains abîmées et terreuses. Les mains abîmées de Khaled ne devaient pas croiser et encore moins toucher les mains de Yann, lisses et fines. Toute la société les sépare. Inès voit les deux hommes dans un miroir : dominant, dominé, perdant, perdu. Les mains qui tournent des pages, qui écrivent, qui caressent la vie ne touchent jamais les mains qui construisent, bâtissent, détruisent, frappent, creusent, poncent, font mal, font vivre et disparaissent.

Quand Khaled est arrivé à l'aéroport Charles-de-Gaulle, il était habillé comme un dandy italien des années 1950, un foulard de soie noué comme une cravate sur une chemise déboutonnée, veste bleu ciel et pantalon blanc, lunettes fumées. C'est comme ça qu'il aurait aimé débarquer, quarante-cinq ans plus tôt, quand il avait quitté pour la première fois son sang et sa terre. Ils étaient des centaines comme lui, tous illettrés, recrutés dans le sud du Maroc, dans le Souss, le Haut Atlas. On leur avait palpé les mains et bien examiné les dents. Ces hommes, qui avaient gardé des bêtes, savaient bien que ces gestes étaient réservés aux animaux.

Quand Yann et Khaled se sont rencontrés pour la première fois, Khaled lui a demandé s'il travaillait, s'il buvait, s'il fumait, ce qu'il gagnait. Yann a répondu simplement sans s'attarder, ni regretter le caractère trivial de cette discussion. Inès était la plus gênée, gênée de voir les deux parties d'elle-même réunies. Elle se demandait laquelle des deux était la bonne. Son père abîmé par une vie de chantiers ou Yann qui lui ressemble tellement parce qu'il aime les livres.

Transclasse

Mathilde et Inès ont encore discuté tout l'après-midi. Mathilde a plaisanté sur l'Accusation. « J'espère au moins que tu étudies le Coran en français dans tes cours, sinon effectivement c'est abuser. Et puis arrête de pleurnicher, quatre mois de suspension, ça ressemble à des congés payés. Viens plutôt en Israël, on demandera pardon au mur des Lamentations, tu leur diras que t'es juive, ils ne sauront plus où se foutre, ces cons. » Elles ont ri l'une de l'autre et ont raccroché en promettant de se retrouver bientôt.

Maintenant, Inès regarde le trou dans le mur de la cuisine. Elle pense à tous les travaux qu'il reste à faire. Elle est fatiguée, elle doute de tout. Yann n'a jamais manqué de rien. Il achète tout ce dont il a envie. Inès a peur qu'un jour les placards se vident et qu'on ne puisse plus les remplir. Elle fait attention, elle compte constamment, elle se prive. Quand elle a rencontré la famille de Yann, elle a eu l'impression de ne pas avoir assez de choses à donner, d'habiter une maison en carton. Que tout allait s'écrouler quand Yann se rendrait compte qu'ils ne faisaient pas partie du même monde. Yann et Inès ont grandi ensemble, mais pas au même endroit. Yann habitait au centre de Lyon, vers le théâtre des Célestins, Inès à Vénissieux, dans le ciment. Ses amis d'enfance sont loin à présent, les garçons sur les chantiers, les filles à la cuisine, dans des zones tristes et sales. Yann ne se rend pas compte. Inès y pense constamment. Pour ne pas avoir l'air d'une fille de cité, il faut porter un masque : bien se tenir, ne pas manger vite, s'exprimer comme il faut, quand il faut, pas trop fort, ne pas parler la bouche pleine.

Aux Minguettes, elle savait exactement ce qu'était un bon gars. Un bon gars est respecté dans le quartier. On l'admire, on le cite en exemple dans les familles où les garçons tournent mal. Un bon gars, ce n'est pas celui qui tient les murs, celui que tout le monde craint. Il entre et sort des immeubles pour jouer au foot, aller à l'école et rapporter des bonnes notes. Consécration ultime : la police n'est jamais entrée chez lui.

Quand Inès a quitté la cité pour intégrer une classe préparatoire, ces distinctions morales et spatiales l'ont suivie : traîner dehors, c'est être une pute, sortir sans raison valable, juste pour se divertir, c'est être une mauvaise fille. La première fois qu'elle est allée en boîte de nuit, elle s'est sentie sale et inutile. En prépa, comme elle ne ressemblait à aucun de ses camarades de classe, elle a essayé de les imiter. Aujourd'hui, Inès est une « transclasse », comme on dit, et elle a tous les vices de ce mot dégoûtant. Elle imite, elle ment, elle a honte d'elle-même. Et chaque fois qu'elle est prise en défaut d'imposture, elle attaque ou elle fuit.

Elle n'est pas dupe. En s'attachant à Amira, elle a fantasmé un double qui lui permettait d'échapper à ses contradictions.

« Pas de boogie-woogie avant vos prières du soir »

Cécile parle vite, plus vite qu'elle respire. Une assurance, une certitude d'avoir plein de choses à dire. Elle raconte ses voyages, elle veut s'installer en Irlande : une occasion fiscale. Cécile est parisienne, c'est même la Parisienne. Elle connaît toutes les rues, elle est capable de dégainer partout le prix du mètre carré, de dire où il faut acheter, de débusquer les plus-values. Elle habite un joli appartement qu'elle vient de refaire à neuf. Les surfaces, les volumes, le parquet en bois miel, les lumières, tout y est beau, reposant et harmonieux. Elle parle vite mais pas trop fort, elle respire de moins en moins pour parler de plus en plus vite. Quelque chose la gêne pourtant, l'accès au bâtiment. Tous les invités ont eu droit au même accueil : le gardien, son chien immonde muselé et ces jeunes à la peau foncée fumant des joints, déglingués à la 8.6. Ils sont là du matin au soir à parler, à rire fort, très fort, vaguement menaçants.

Pourtant, ils sont sympas ces jeunes. Un jour, ils lui ont même proposé de garder son vélo. Elle a d'abord refusé, elle a fait mine d'hésiter pour ne pas les vexer, mais devant leur insistance pénible et familière, elle s'est résolue à le leur confier. Une fois revenue, elle a été surprise de retrouver son vélo intact. Mais quand elle raconte cette histoire, ces jeunes à la peau noire sont les « déchets », les « défoncés », les « échoués ». Yann renchérit : « Je connais, j'avais les mêmes en vieux, rue de Charonne. »

Ils passent une bonne soirée. Simon, le mari de Cécile, est généreux. Généreux, on l'a été avec lui. L'appartement qu'ils occupent est un héritage. Avec Cécile, il ne partage pas grand-chose sinon une blondeur vénitienne qui leur donne un air californien, deux enfants et cinq ans de vie commune. On discute des livres à lire, des films à voir. Cécile pense tout savoir. Elle sert des verres, fait tourner les assiettes, elle papillonne. Elle est au centre de l'attention.

Cécile aime la cocaïne. Elle est drôle, elle s'immisce dans toutes les conversations, elle possède les regards, les gestes et les corps. Cécile adore être Cécile. Elle ne respire pas, elle s'essouffle comme s'il n'y avait jamais assez d'air. Avec la coke, Cécile pense qu'elle est une mère idéale, concentrée et attentive, capable de gérer les crises d'angoisse de son fils quand elle le met tout habillé sous la douche pour lui apprendre à se calmer.

Pour Inès, c'est une drogue de riches écervelés qui n'ont pas éprouvé l'existence, qui veulent à tout prix la malmener, la torturer, la briser. Quand elle bossait dans la pub avec Cécile, Inès en a pris une fois pour faire comme tout le monde. Le lendemain, après une nuit sans sommeil à ranger son appartement, elle voulait mourir, s'endormir à jamais. Pour ne plus revivre ça, elle s'est juré de ne plus accepter la moindre trace offerte par Cécile, même quand celle-ci insiste, comme elle sait si bien le faire, en surjouant la complicité.

Le dealer, Brahim, s'en va. Il a des clients fidèles. Des Parisiens blancs et friqués, qui se la jouent rebelles et qui commandent quelques grammes après avoir pris un Uber Eats. Il regarde Inès perchée sur ses talons hauts, sa robe trop serrée et Amira en train de danser. Il prend son air désolé. Les petites frappes des quartiers ne savent pas quoi faire quand ils voient « une des leurs » du mauvais côté. Chaque fois qu'Inès va à une soirée, c'est comme ça. Il y en a toujours un qui lui rappelle : tu peux faire ce que tu veux pour ressembler à quelqu'un d'autre, mais pour moi, tu es une imposture.

Amira chante avec Yann sur Eddy Mitchell, elle connaît les paroles par cœur : « Pas de boogie-woogie avant de faire vos prières du soir », elle se déhanche en bousculant les invités dans le salon. Les amis de Cécile ont trente ans, un enfant et ont pris trente ans de crédits, de travaux, de destruction de plancher en bois, de parquet à refaire, de revêtement des murs, des sols, d'agrandissement, de rafraîchissement. Une vie entière attachée à l'avenir de l'immobilier à Paris, Bordeaux, Nantes, La Rochelle. Des années de prêts à rembourser, à déménager, à agrandir, des années à spéculer pour une plus-value.

On se pose plein de questions : Comment Noé peut-il apprendre sans être contraint ? Comment aimer sans étouffer ? Comment travailler et élever ses enfants sans culpabiliser ? Comment s'épanouir et fonder une famille ? Seules certitudes : « Le citron, c'est détox » et « Le terrorisme, c'est la merde ».

Les codes ont changé, maman travaille, on éduque à la Montessori, sans contrainte, sans violence. Papa n'est pas marié à maman, maman reste mince malgré ses grossesses. Il est possible que maman quitte papa si papa n'aide pas maman à la maison. Cependant papa gagne souvent plus que maman, c'est maman qui est à la cuisine, et maman ne rentre jamais après papa à la maison. On veut toujours des enfants « car la famille c'est important ». Les codes ont changé et les règles restent les mêmes. Inès et Yann ont dansé mais Yann n'a d'yeux que pour sa copine voilée. Amira n'est jamais loin, elle squatte parfois chez eux, même pendant les travaux. Elle est intrusive, tape souvent l'incruste, mais qu'est-ce qu'elle est drôle cette meuf.

Ce soir, Amira parle fort, elle empoigne tout le monde comme si elle avait toujours connu les amis de Yann et d'Inès.

Amira est comme un poisson dans l'eau, elle parle *mindset* avec Cécile, elle défend l'entrepreneuriat au nom de la liberté individuelle. Elle pourrait vendre un livre à un cochon. Elle engueule le mari de Cécile qui est avocat en droit du travail et qui se plaint de la loi El Khomri, des seuils fixés à l'avance aux prud'hommes qui permettront aux entreprises d'intégrer les licenciements abusifs à leur comptabilité : « Le salariat, c'est la mort ! Les free-lances, c'est la vie, la vraie, t'as pas besoin de payer des charges à la con, tu peux t'en débarrasser quand tu veux ! » Amira a déjà dégagé dix webmasters qu'elle a usés pour son coaching immobilier, des types qui ont mis trop de temps à répondre à ses mails ou qui ont voulu renégocier les devis.

Tout le monde s'extasie devant les photos du grand appartement d'Amira qui se ressert de vin et explique que certains courants chiites autorisent l'alcool, que ce qui compte c'est de ne pas s'enivrer, de rester digne. Ça ne l'empêche pas de hurler qu'elle n'a pas baisé depuis longtemps.

Yann a insisté pour qu'elle vienne. Une meuf voilée, tatouée et complètement folle, il n'y a rien de plus punk. Amira joue le petit singe savant, c'est toujours mieux qu'être la fille aliénée et enfermée. De toute façon, il y a des cons partout.

Perquisition

Lamia est tout étourdie. Elle aimerait proposer des gâteaux et du thé aux policiers qui lui posent des questions sur sa voisine Inès. Faire comme avant, quand elle avait un mari et des enfants et qu'ils recevaient du monde à la maison. Toute seule dans son grand appartement, ce qui lui manque le plus c'est de recevoir ses anciennes copines et de regarder *Les Feux de l'amour*. Devant les policiers, elle a perdu l'habitude des gestes qui lui rappellent la vie d'avant, le thé servi dans des petits verres, les gâteaux préparés à la main.

Lamia a peur. En écoutant les policiers, elle réalise qu'Inès cachait bien son jeu. Pourtant, elle avait confiance dans ce jeune couple qui s'était installé en face de chez elle. Ils auraient pu l'aider à remplir les papiers pour la préfecture, les impôts, tout ce qu'elle ne comprend pas. Avant, les voisins c'était comme la famille. Aujourd'hui, tout a changé et la famille ne va pas plus loin que le bout de son paillasson, il faut se méfier de tout le monde.

Elle les avait pourtant invités à boire le thé et à manger des gâteaux trop sucrés qu'elle avait achetés pour l'occasion. Elle n'en achetait jamais, elle n'aimait pas les sucreries qui ne sont pas faites de ses mains. Chez elle, la pâtisserie est autant une tradition qu'un devoir. À chaque fin de ramadan et pour les fêtes de l'Aïd, elle préparait des gâteaux, elle y passait des journées entières à rivaliser avec les voisines, toutes rentrées au pays.

Dans ses pâtisseries, il y avait du sucre, du miel, encore du sucre, il y avait les recettes de sa mère, le savoir de ses mains, il y avait l'amour qu'elle porte à ses enfants. Il y avait ses parents, le silence de ses ancêtres. Il y avait son devoir pétri de farine et de fleur d'oranger. Il y avait son histoire, son pays, sa religion, son héritage, tout ce que désormais elle ne peut plus donner. Il y avait son âme.

Lamia devrait peut-être rentrer en Tunisie, là où elle est née. Mais depuis le Printemps arabe, il n'y a plus de médicaments. Comme si Ben Ali avait tout pris avec les lingots d'or, les murs de dollars et la cocaïne de sa femme, la coiffeuse. C'est vrai, ça lui avait fait plaisir de voir Inès s'installer en face. Elle aurait aimé parler arabe avec Inès, Inès lui aurait lu son courrier en français. Pour Lamia, tous les papiers sont importants. Elle arrive à distinguer les magazines publicitaires des autres, mais parfois elle a l'impression qu'il y a des pièges. Lamia aimerait bien demander au policier qui a l'air arabe de lui lire la lettre avec des mots en rouge sur l'enveloppe, mais elle n'ose pas. Si sa petite voisine avait été plus gentille, elle lui aurait expliqué les mots en français. Mais Inès lui disait à peine bonjour.

Il y avait toujours du bruit chez eux. Quand Lamia était venue se plaindre, Inès ne l'avait même pas invitée à entrer. Alors Lamia était retournée chez elle sans rien dire. Elle avait honte de se mêler des histoires des autres, elle avait peur qu'on s'en prenne à elle. Elle le dit au policier qui l'interroge : elle n'a jamais aimé Yann, il n'était pas gentil ce garçon qui ne disait jamais bonjour. Ça se voyait bien qu'ils cachaient quelque chose ces deux-là.

Lamia a le visage froissé d'embarras, elle ne veut pas avouer aux policiers qu'elle espionne ses voisins par le judas. Elle avait bien remarqué qu'Inès n'allait plus au travail. Ce matin au fajr, à la première prière, au moment des ablutions, elle a entendu un bruit de clé et le roulement des valises. Depuis quelque temps, elle voyait cette mauvaise fille entrer chez Inès, avec ses tatouages noirs sur les mains et ses boucles d'oreilles dans le nez. Elle avait d'abord cru à un fantôme avec son grand jilbab et son regard inquiétant. Elle avait vu à la télé des filles comme ça qui partaient en Syrie, elles ressemblaient à ça les femmes qui rejoignaient Daesh. Lamia avait fait sa prière et avait demandé à Dieu de la protéger, elle avait récité la sourate Al baqara, l'une des plus longues, celle qui apporte la baraka, la protection divine. Devant les policiers, elle se vante de connaître par cœur les 286 versets.

Les allées et venues de femmes entièrement voilées avaient duré un mois. Elle avait eu peur. Et si Inès avait une bombe chez elle ? Mais il n'y avait personne pour l'entendre, alors là, devant les policiers, elle peut enfin tout dire : à quoi ressemblaient la femme voilée et l'autre avec un voile intégral qui s'appelle Safia ou Samia, elle ne sait plus exactement. Ce qui est sûr, c'est que la femme aux tatouages et à la peau noire est cinglée. Un jour, elle a frappé à la porte d'Inès en hurlant : « Police ! Perquisition ! On défonce tout ! » Et elle n'arrêtait pas de rire, cette mahboula[1].

1. Folle.

Yerida

À Istanbul, dans cette chambre d'hôtel un peu miteuse, Mathilde parle hébreu en chantant. Elle donne des ordres à Sasha, à l'autre bout du fil. Comment changer la petite, « Tu as bien pensé au biberon ? », mon Dieu, il a oublié le biberon pour ma fille ! Sasha la supplie de rentrer à Netanya, les petites pleurent beaucoup, elles réclament leur mère. Inès entend le rire de Sasha au téléphone. C'est un jeu, ils jouent au mari désespéré et à la mère juive. Sasha est heureux avec ses filles, il leur apprend à lire en français. Ils veulent rentrer en France. Ils doivent rentrer.

Mathilde l'avoue à Inès en raccrochant. Israël n'est pas la terre promise qu'ils avaient espérée, la vie est dure, tout est cher, il faut vivre dans un pays en guerre. Les petites confondent deux mots : michamah, guerre, et chamal, affection. Elles ont appris l'hébreu en même temps que la peur au ventre. Le couple se prépare à la déchéance, la descente : yerida[1]. Ils n'aiment pas la vie là-bas, ils n'arrivent pas à s'y faire, ils ne sont pas comme les Israéliens. Sasha est pris pour un Arabe. Il a d'abord pensé que ça faisait partie du folklore, mais c'est l'idéologie d'un État constamment menacé et qui vire au complot généralisé. Il ne veut pas ça pour ses filles, il se prend même à douter de l'existence de Dieu. Il est perdu. Heureusement, il reste la France qui lui manque, qui a inscrit en lui l'heure des repas, son esprit critique, son ironie et son refus du drapeau, de tous les drapeaux. Mathilde veut rentrer elle aussi. En Israël c'est chacun pour soi, l'État ne t'aide pas, elle ne veut pas vieillir ici. Les vieux, ici, personne ne s'en occupe. Son voisin Jacob vit seul et malade et il n'a droit à rien. Elle l'a vu mendier devant la boulangerie. Elle n'a aucune envie de voir ses filles, fusil-mitrailleur à la main, interdire aux Palestiniens d'aller chercher de l'eau ou du travail. Ils ne sont pas les seuls à déchanter, mais ils sont les seuls à avoir honte et à le dire.

Quand Mathilde a entendu la voix d'Inès au téléphone, après toutes ces années de séparation, elle a bien dû admettre que c'était trop bête, tout ce temps sans se voir : « Viens à Netanya, vamos a la playa » et Inès a fini par se laisser convaincre, prendre le soleil, prendre le

1. Chute en hébreu et retour au point d'origine.

temps et découvrir à quoi ça ressemble là-bas. Pourtant, au moment de réserver le billet d'avion, ça avait coincé, Inès ne savait pas pourquoi. Mathilde s'était rendue au consulat et le fonctionnaire n'avait rien voulu entendre. Après une heure d'attente, le chef du bureau était venu, il avait regardé Mathilde avec des yeux ronds, l'avait écoutée très poliment en prenant des notes et l'avait laissée partir en lui déclarant que ce n'était pas possible. Il n'y avait rien à faire.

Alors elles ont décidé de se voir quand même à Istanbul. En sortant de l'avion, Inès est heureuse de retrouver enfin Mathilde. Il fait beau ce jour-là, Inès se demande ce qu'elles vont faire cet après-midi.

La chaussure du policier sur la tête d'Inès. Allongée sur le parvis de l'aéroport, quatre flics l'écrasent contre le sol et l'empêchent de respirer. Pourtant, elle s'était préparée. Depuis l'Accusation, elle faisait toujours le même rêve, menottée et reconduite à la frontière. Les flics lui crient de ne pas bouger. Mathilde arrive en courant et prend un coup de matraque. Au poste de l'aéroport, il y a des flics turcs et des flics français en civil qui se contentent de traduire. Ils ont menotté Inès et lui demandent de cracher le morceau, comme au cinéma. Elle pleure, c'est la seule défense qu'elle a trouvée. De toute façon, ce n'est pas vrai, ces flics ils jouent mal. Mathilde lui a fait une blague, elle est bien capable d'organiser un enterrement de vie de jeune fille improvisé avec des flics en carton. Dans deux minutes ils vont faire un streap-tease et sortir des shots de vodka. Ça va pas être triste avec leurs gros ventres. Sauf que les flics n'ont pas l'air de plaisanter, ils veulent son nom, ses origines, son travail, l'histoire de ses parents, ils veulent sa vie. Dans la pièce à côté, elle entend Mathilde se moquer de l'accent anglais du flic turc. Si elle continue, elle va s'en prendre une. Il manquerait plus qu'elle insulte les flics en hébreu, ils vont la prendre pour un agent du Mossad. Inès est assommée. Elle demande à voir son père, elle veut appeler Yann. Mathilde crie : « Vous n'avez pas le droit de nous traiter comme ça. Bande de fachos ! » Les flics vont et viennent. Une policière leur demande de s'isoler pour se déshabiller. Mathilde répond par un doigt d'honneur. C'est le chaos, les voix se recouvrent, en turc, en anglais, en français. Inès ne dit plus rien. Tous les flics s'intéressent à Mathilde maintenant. Il n'y en a que pour elle, Mathilde qui connaît ses droits, Mathilde qui s'invente un mari avocat, Mathilde qui montre les dents et qui s'apprête à mordre. Les flics français discutent entre eux. Quatre heures plus tard, Inès et Mathilde sont libres : « Il semblerait qu'il y ait eu une erreur dans votre dossier. » Ils ont cru qu'Inès partait en Syrie.

Les cons.

Mariage forcé

Les travaux seront bientôt finis. Inès n'a jamais habité un appartement aussi grand. C'est son père qui a installé la cuisine : « Tu crois, ma fille, que je suis pas capable ? » Pendant les travaux, il a rencontré la voisine, Lamia. La vieille dame l'inonde de gâteaux au miel, elle lui a même fait du pain, rien que pour lui. Il a pris au moins deux kilos.

Lamia trouve Khaled très beau et très présentable avec ses jolis costumes bien repassés. Et puis il fait même le ménage, ce beau monsieur, et il cuisine très bien la harira[1]. Quand Khaled a demandé à Lamia de l'aider à préparer le mariage de sa fille, Lamia a rougi comme si Khaled voulait l'épouser.

Khaled et Lamia sont d'accord sur tout. Amira qui danse et qui prie n'importe comment, elle est pire qu'une terroriste. Les jeunes aujourd'hui ils font vraiment n'importe quoi.

---

1. Soupe marocaine.

La cérémonie religieuse vient de s'achever. Yann a appris quelques sourates et des mots arabes pour faire plaisir à Inès. C'est une question d'honneur pour Khaled, il ne peut pas laisser sa fille vivre avec un homme sans être mariée. Il va dire quoi ensuite à la famille en rentrant à Casa ?

Un matin, il les a attendus dans la cuisine : « La semaine prochaine vous vous mariez, j'ai tout prévu avec la voisine Lamia. » Yann et Inès ont souri. On ne s'oppose pas à la volonté de Khaled. Et puis, c'est beau après tout, ce mariage forcé.

Lamia a fait des gâteaux, elle sert et ressert les invités, elle est fière d'accueillir la cérémonie chez elle. Elle a mis du henné sur les mains des époux.

Khaled aurait aimé qu'Inès épouse un homme sérieux comme Ahmed. Un avocat, c'est bien. Yann, lui, il écrit des livres qui ne se vendent même pas et il ne passe jamais à la télé. Yann est trop maigre, on dirait même pas un homme. Il a essayé de le faire fumer, il a toussé, comme une femme. Il est gentil, seulement il est un peu lent ce garçon, même pas capable d'apprendre correctement la fatiha[1]. Il lui a donné une petite claque affectueuse pour l'aider à apprendre. Aujourd'hui, Khaled se mêle de tout : Inès doit bien manger pour faire de beaux enfants.

1. Sourate d'ouverture du Coran.

Mathilde se moque d'Amira et de son keffieh autour du cou. Amira lui parle de son entreprise de coaching, Mathilde ricane : « Ah, ma belle, tu as suffisamment de chutzpah et de sens des affaires pour faire un jour une bonne Israélienne. » Amira marmonne un starfoullah.

Contrôle d'identité

Inès repense à son échographie. Elle porte déjà le bébé dans sa tête. À qui il ressemblera, cet enfant ? Aura-t-il l'air grave de Khaled ou les mains blanches de Yann ? Pourra-t-il choisir celui qu'il voudra être ? Elle espère juste qu'il n'aura pas honte. À Yann, elle avait caché son père, à son père l'existence de Yann. On ne choisit pas ses origines, on ne choisit pas non plus ses enfants. On fait comme on peut, jamais comme il faut.

Hier, Mathilde lui a envoyé un texto : « Demain manif. » Inès a pensé à son père, sa glacière sous le bras. Elle a quinze ans, il rentre du boulot, ses chaussures de chantier, son odeur d'essence, ses mains épaisses, sa fiche de paye à la main. Il est fatigué, il a mal partout. Il a quarante-cinq ans et déjà un physique de vieillard. Tout est suspendu à l'obsolescence des corps. Il n'aime pas les nouveaux ateliers de son usine, ils sont trop grands, il ne connaît plus personne. Des machines pressantes, abominables et écrasantes ont été remplacées par des engins automatiques. La musique dans les haut-parleurs empêche tout le monde de penser. On dit que les Arabes crient, hurlent et s'énervent. Son père était trop usé pour ça. Dans le salon, ça sent la cigarette, son père boit un café serré avec Bo, un collègue, une canette de bière à la main, qui répète : « Les patrons, c'est des crapules, ils partagent pas les profits. »

Et ils parlent de Maurice qui voulait toujours bien faire et qui travaillait trop vite, Maurice qui a fait une crise cardiaque le mois dernier. Il est mort sur le coup, les mains sales, dans sa combinaison grise, sur un sol froid. La dernière chose que Maurice a entendue avant de claquer, c'est le bruit de la chaîne qui s'arrêtait pas, et Bo qui criait : « Putain, y a le fayot par terre. » Tous les gars avaient la trouille de crever. La voix grave de Bo dans le salon : « Heureusement qu'il y a l'alcool pour nous faire tenir debout. » Son père regarde Bo, il essaie de parler mais il est coincé par les mots. Il aimerait dire quelque chose de fort pour marquer le coup. Il n'y arrive pas.

Dans le cortège de la CGT, Inès est cette petite fille souriante qui pense à son père. Il y a du monde, des étudiants, des lycéens, des cortèges de syndicats, des familles, des enfants. Sur une banderole, on lit : « Hollande arrête tes Khomri. » On rit, on se salue, on s'attend pour continuer la marche. Inès touche son ventre pour sentir le bébé. Yann la rejoint et l'embrasse. Mathilde arrive avec la petite Hannah dans les bras. « Va voir tata. » Inès embrasse Hanna que Yann prend sur ses épaules. Autour d'eux la foule est immense. C'est une longue chaîne humaine qui s'élance doucement de République à Nation. Inès se demande s'il suffit d'être là pour être ensemble.

Qui sont ces gens ? Elle cherche des visages connus dans la foule, elle cherche des femmes et des hommes qui lui ressemblent. Là-bas, il y a cette petite dame dans le cortège de la Poste, perdue, toute seule parmi ses collègues, elle porte des baskets roses, un tee-shirt noir et un sac en plastique. Inès devine les nuits sans sommeil, les anxiolytiques avalés comme des bonbons à la menthe, les envies de meurtre pour venger l'arbitraire des petits chefs. Ou peut-être pas. Peut-être qu'elle se trompe et que la petite dame pense au goûter d'anniversaire de son petit-fils. Et la femme voilée avec la poussette, qu'est-ce qu'elle fait là ? Elle accompagne peut-être son mari qui marche vingt mètres devant ou peut-être qu'elle est assistante de direction, divorcée, avec un diplôme plus grand que son salaire et des journées de travail sans fin. Qu'est-ce qu'elle en sait, Inès ?

À côté d'elle, Yann s'amuse comme un môme à crier les slogans de manif : « La nuit c'est pour s'aimer, pas pour travailler ! » Yann qui déambule le jour et la nuit dans les rues de Paris comme dans une cour de récré, un grand gamin à qui personne ne demande de comptes. Il est suffisamment libre pour ne pas tout voir. Il ne voit pas les regards de la foule quand il embrasse Inès. Il n'a pas vu, tout à l'heure, les flics autour du groupe de lycéens à la sortie du métro et, parmi eux, le gamin noir qu'ils ont isolé pour un contrôle d'identité (et si un jour c'était leur enfant ?). Ses papiers, Yann ne les a jamais sur lui. Inès les a toujours sur elle, on ne sait jamais, surtout aujourd'hui. Une fois de plus, elle se sent coupable, sans savoir pourquoi. Alors elle prend Yann par la main.

Note aux lecteurs

Ce livre est nourri d'autres livres, articles et documentaires :

Frantz Fanon, *Peau noire, masques blancs*, 1952, et *Les Damnés de la terre*, préface de Jean-Paul Sartre, 1961.

Christophe Bouquet et David Dufresne, *Quand la France s'embrase, Enquête sur le maintien de l'ordre*, 2007 (documentaire sur les émeutes de 2005 et les manifestations contre le CPE).

Pierrick Morel et Marc Garmirian, *Les Voix du Front national*, 2012 (documentaire).

Antoine Baltier, *Comment devient-on électeur du Front national ?*, 2016.

Envoyé spécial, *FN, à la conquête de l'Ouest*, 11 mai 2017 (documentaire).

Serge Moati, *Juifs de France, pourquoi partir ?*, 2017. (Ce travail d'enquête a inspiré les personnages de Mathilde et de Sasha.)

Fernande Schulmann, *Les Enfants du Juif errant, Itinéraires d'émigrés*, 1990. (De ces entretiens est tirée l'expression « Marcher avec ses pieds et non avec sa tête ».)

Ron Kahlili, *Hatsarfokaim*, 2018. (Magnifique série documentaire sur les Juifs séfarades en Israël.)

Faustine Vincent, « Retour en France après l'alya », *Le Monde*, 23 juin 2016.

Nathalie Funès avec Hadrien Gosset-Bernheim, « Juifs de France : quand l'alya devient une galère », *L'Obs*, 2 avril 2015.

Yamina Benguigui, *Mémoires d'immigrés, l'héritage maghrébin*, 1997. (Documentaire magistral, en trois parties, qui raconte l'arrivée des ouvriers immigrés maghrébins à partir des années 1960 et qui a inspiré l'histoire du père d'Ahmed.)

Abdellali Hajjat et Marwan Mohammed, *Islamophobie, Comment les élites françaises fabriquent le « problème musulman »*, 2016. (Un grand travail universitaire.)

Remerciements

Ce texte n'aurait pas existé sans Mathieu.

Merci à Clément, pour son aide et ses encouragements.

Merci à Laure, Nina et Pernelle pour leur précieuse relecture.

Merci à ma grande famille qui m'a tout appris.

Merci à Véronique Cardi pour sa confiance.

Merci à toute l'équipe de La Grenade et des éditions JC Lattès.

Merci à Mahir Guven, le boss.

CIRCONSCRIPTION DE : LA DEFENSE 92999-LA DEFENSE

Le 04/02/2016 à 09h59

9 place de la défense
92800 PUTEAUX
Téléphone : 01-47-75-51-00

DECLARATION DE MAIN COURANTE

Registre de main courante numéro : [redacted]

Déclaration effectuée le 04/02/2016 à 09h48

Rédacteur : [redacted] Service : [redacted]

Objet : Nuisances diverses

Adresse des faits dénoncés : HORS CIRCONSCRIPTION

Déclaration :

Je suis professeur de philosophie au Lycée [redacted] à [redacted] La semaine dernière, le proviseur adjoint de mon lycée a reçu un appel téléphonique de Mme [redacted], qui est la mère d'une de mes élèves (classe de terminale S2). Lors de cet appel, cette femme a déclaré à M. [redacted] (Proviseur adjoint) que j'avais fait, lors d'un cours à cette classe, l'apologie du terrorisme et des actes commis au mois de janvier 2015. Selon elle, j'aurai justifié les attentats perpétrés, et que les journalistes de Charlie hebdo avaient mérité leur mort.
Cela est bien évidemment faux. Je n'ai même pas abordé ce sujet récemment avec mes élèves et aucune de mes paroles ne pourraient expliquer un quelconque malentendu.
Avec cette rumeur, cette femme m'a complètement discrédité, ainsi que les cours que je dispense. Elle a également envoyé un courrier à mon établissement, expliquant que je ne suivais pas le programme et que je n'abordais pas le thème des religions lors de mon enseignement. Encore une fois, c'est faux, ce thème ayant déjà été traité plus tôt dans l'année.

Personnes Concernées :

Déclarant : [redacted]

né(e) le : [redacted]

nationalité française : Oui

Demeurant : [redacted]

Téléphone : [redacted]

PREFECTURE DE POLICE
D.T.S.P. HAUTS-DE-SEINE
LA DEFENSE

CET OUVRAGE A ÉTÉ COMPOSÉ PAR NORD COMPO
POUR LE COMPTE DES ÉDITIONS J.-C. LATTÈS
17, RUE JACOB – 75006 PARIS
ET ACHEVÉ D'IMPRIMER SUR ROTO-PAGE
PAR L'IMPRIMERIE FLOCH À MAYENNE
EN MAI 2023

PAPIER CERTIFIÉ

JC Lattès s'engage pour l'environnement en réduisant l'empreinte carbone de ses livres. Celle de cet exemplaire est de :
450 g éq. CO_2
Rendez-vous sur www.jclattes-durable.fr

N° d'édition : 01 – N° d'impression : 102664
Dépôt légal : août 2023
Imprimé en France